講談社文庫

勇気凜凜ルリの色　満天の星

浅田次郎

講談社

勇気凛凛ルリの色　満天の星　目次

勇気凜凜ルリの色　満天の星

意思の疎通について

ホテル・コンコルド・サン・ラザールを離れて、バスティーユのヴォージュ広場に面したパビヨン・ドゥ・ラ・レーヌというクラシック・ホテルに移った。

小ぢんまりとしたたたずまいではあるが、「王妃の館」という命名に恥じず、すこぶるセンスがよろしく、快適である。

このあたりはパリでも最も古い街並の残る地域で、とりわけヴォージュ広場を囲む建築群はルイ王朝の当時そのままに保存されている。

季節はマロニエの葉が舞い落ちる秋、凱旋門《がいせんもん》賞の興奮は去ったといえ、ぼんやりとホテルの窓から街並を見つめているのではあまりに芸がない。というわけで、朝の町に出て早起きのカフェを訪ね、エスプレッソとクロワッサンの朝食をとろうと思い立った。

取材旅行というものはけっこう不自由である。隣室には男性誌副編集長兼ボディガードの

N氏が控えており、階下のフロント近くには担当編集者スペードの女王ことC女史が目を光らせている。しかもヴォージュ広場に陽が昇れば、現地コーディネーターとカメラマンがやってきて、パリの一日が始まるのである。

べつに行動を拘束《こうそく》されているわけではないが、ひとり歩きなどもってのほか、お出かけの節は必ずご一報を、と釘をさされている。

そこで、『ローマの休日』のヘップバーンではないけれど、ひとりでこっそり散歩でもしてみようと思ったのであった。

私の小さな冒険を、パリは祝福してくれるにちがいない。

ところで、自慢じゃないが高卒マイノリティの私は日本語が堪能《たんのう》である。その昔、学校の授業で英語とかいうものを聞きかじった覚えはあるが、ほとんど記憶にはない。ましてやフランス語は、「ボンジュール」と「メルシー」しか知らない。それでもまさか、カフェの朝食ぐらいにはありつけるであろうとタカをくっていた。

ぶらぶらと町なかを歩きながら、少々不安になった。なぜかというと、こちらに来て気付いたことなのだが、パリは思いのほか英語が通じない。もしかしたら一般市民の英語理解度は日本より低いのではないかと思われるほどなのである。

とにもかくにも、路上に店開きを始めたカフェの椅子に座り、にっこりと笑いかけてギャルソンを呼び寄せた。黒のベストに蝶ネクタイ、白いエプロンを腰に巻いたパリ名物の若いボーイさんである。

「ボンジュール！」

「ボンジュール・ムッシュウ！」

もちろんそのさきは、何と言えばいいのかわからない。メニューを差し出されても、すべてフランス語で書いてあるので読めるわけはない。とりあえず、店先のガラスケースに収まっていたパンを指さしながら、私は由緒《ゆいしょ》正しき日本語で言った。

「えーと、そのフランスパンにシャケをはさんだやつと、コーヒーをくれ」

意思は通じた。ギャルソンはにっこりと笑って去って行った。

ところが、やがてテーブルに届けられた朝食は私の意思に反していた。まず、真黒な胚芽《はいが》入りパンに正体不明のペーストをサンドしたもの。そして泡の立つようなカフェ・オ・レ。どう誤解したものか、ともかく突然と、しかも当然のようにそれらが私のテーブルに並べられた。はっきり言って私は、胚芽入りパンもペーストも嫌いなのである。ふつうのコーヒーにもミルクを入れて飲む習慣はないのだから、カフェ・オ・レも好きではない。しかし、「これはちがう」というフランス語など知らないので、「メルシー」と言って食事を始めた。

なかばまで食べたあたりでウンザリとしていると、今度は兄貴分らしい如才《じょさい》ないギャルソンがやってきた。長身を屈《かが》めて私の顔を覗《のぞ》きこみながら、どうやら「お気に召さなかったか」というようなことを言っているらしい。

いや、気に入らなかったのではなく、こちらはシャケをはさんだフランスパンにブラック・コーヒーを注文したつもりが、ペースト・サンドとカフェ・オ・レが来てしまったのだよ、と言いたかったのだが言えるはずはなく、私はただ「メルシー」と笑い返した。

すると、ギャルソンはすかさず店のガラス窓を指さし、満面の笑顔で何ごとかを語りかけた。そこには私の大好物であるアイスクリームのパフェ類がカラー写真のパネルになって並んでいた。なるほど口直しにはもってこいである。

「えーと、メルシー。あの右から二番目のやつ。プリーズ・ギブ・ミー」

「ウィ。メルシー、ムッシュウ」

やがてテーブルに運ばれてきたものをひとめ見て、私は愕然《がくぜん》とした。

それは私の注文したチョコレート・パフェではなく、アンズとプルーンと乾しブドウがごってりと載っかったアイスクリームであった。

「メルシー……」とは言ったものの、私はドライ・フルーツが好きではない。

商売熱心なのか性格のいい奴なのか、ギャルソンはさあ食えと言わんばかりに掌《てのひら》を差し出して笑顔を振りまく。

「わかった。食やいいんだろ、食やあ。その前にタバコを喫《す》いたいんだけど、灰皿を持ってきてくれないか。わかるか、灰皿だ」

と、また何を勘違いしたものか、ギャルソンは通りの何軒か先にある「TABAC」という看板を指さした。

「そうじゃない。タバコは持っている。灰皿だよ、灰皿」

言いながら両手の指で正方形を作ったのがなおいけなかった。ギャルソンはその形をタバコのパッケージと誤解したらしく、ごていねいにトレイを差し出して、ここに金を置け、俺が買ってきてやる、銘柄は何がいいのだと言っているらしい。

ものすごくいい奴なのである。誤解とはいえ彼の好意を無にするわけにはいかず、コインを渡しながら私は、再び「メルシー」と微笑《ほほえ》みかけてしまった。

おそらくギャルソンは、フランス語を全く解さぬ日本人旅行者に、心からの誠意をもって奉仕しようと考えているのである。

やがて彼は、私のおつかいを果たして戻ってきた。「メルシー」とチップを渡して、私はウンザリとした。トレイの上には、私が世界中で最も呪《のろ》わしいタバコと信じている「ジタン」が載っていたのである。

ギャルソンは胸のポケットからチラリと青いパッケージを覗かせて、ペラペラとしゃべった。

何だかよくはわからんが「俺と同じタバコだ、これはうまいぞ」と言っているらしい。ごていねいにパッケージを開け、ライターの火を差し向けて、ようやく灰皿がないことに気づいてくれた。

と、つい今しがたホテルに戻ってきてこの原稿を書いているのだが、わが身の愚《おろ》かしさに暗澹《あんたん》となってしまった。意思が通じぬばかりに、嫌いなものを次々と食べさせられ、カフェ・オ・レを飲まされ、ジタンを喫ってしまった。

私の著作の中には、すでにフランス語に訳されて出版されているものもあるというのに、作者本人がパリの町で朝食もロクに食えないというのは余りに情けない。

言葉が通じなければ、たとえ互いがどれほど好意的に協調し合おうとしても、努力は無駄なばかりか利害は決して一致しないのである。「メルシー」と「ボンジュール」だけで意思の疎通《そつう》が計れるはずはない。帰国したら遅ればせながら四十五の手習いというやつを始めてみようと思う。

それにしても腹が減った。今しがたの出来事はいずれ「週刊現代」の誌上でバレるけれど、きょうのところは何くわぬ顔で同行者たちと朝食を食い直すことにする。

ああ、情けなや。

三たび霍乱《かくらん》について

本稿を通読の方、もしくは既刊本をお読みになっておられる方は、タイトルを一瞥《いちべつ》したとたんにこの稿の内容を予測なされるであろう。

そう。またやっちまったのである。

私は生まれつき体がやたらと頑健で、まず病気というものをしない。おまけに性格が用心深いのでケガもせず、陸上自衛隊出身なので、タフである。したがって私と行動を伴にする友人、部下、女、編集者、取引先等々は、たいてい無理をして病気になるか死ぬか倒産することになっている。

まあそれはそれで、誇らしい人生にはちがいないのであるが、四十の坂を越えてこの数年、ちと様相が変わってきた。

実のところ体力は人並に衰えているのである。しかし、体育会、自衛隊、および度胸千両的社会で培《つちか》ってきた根性が、肉体の衰弱を常に凌駕《りょうが》してしまっており、ために年に一度の割合で突然バッタリと倒れ、救急車のお世話になるという失態をくり返してきた。

第一回目の霍乱は昨年正月、箱根山中の温泉旅館において惹起《じゃっき》された。深夜に突如として激しい下痢と嘔吐《おうと》に襲われて失神、救急車で仙石原《せんごくはら》の救急診療所に運ばれたのである。

第二回目は昨年暮、地下鉄丸ノ内線車内で起こった。やはり突如として意識を喪い、赤坂見附駅から救急車で担《かつ》ぎ出されたのである。私の周辺ではこの二度の霍乱をそれぞれ「箱根山事件」「赤坂事件」と呼び、今も歴史にとどめている。

家族および担当編集者たちが、この二つの事件を通して得た教訓は、およそこういうものであるらしい。

①浅田は不死身ではない。いつか死ぬ。
②疲労が臨界点を越えると特殊な脳内麻薬が分泌され、いっけん疲労が払拭《ふっしょく》されたように見える。
③霍乱はそうしたハイ・テンションの状態のとき、突然やってくる。

というわけで、周辺はけっこう私の健康状態には気を遣ってくれていたらしい。

思えば今回のフランス行も、直木賞受賞後パニックに陥っていた私の生活ぶりを見るに見かねて、版元が用意してくれたフシがある。

凱旋門賞の観戦を挟んで、つごう十三日間のパリ滞在という旅程は、たしかに命を救われるようなものであった。出発前の私の精神状態はとうに体力の限界を越えており、脳内麻薬タレ流し、およそ一分間に一発の割合でギャグをカマし、依頼事はすべて引き受けてしまい、まさに矢でも鉄砲でも持ってこいという、いわばハイ・テンション思考停止の状態であった。

ことに、周辺は「三度目の正直」という格言を強く意識していたらしい。ここでいう「正直」とは、どこかの血管がブッツリと切れることであり、その事態を防ぐためにいわば戦車の整備士である家人と、操縦士である担当編集者とは、戦車にわからぬように密談をかわしていたのである。

かくて私は緊急避難的に日本を離れたのであった。

当然のことながら、旅行中の締切の前倒しにより、私は数日間ほとんどと言って良いほど眠っていなかった。すでに疲労は臨界点を越えており、テンションは限りなく高く、ギャグはおよそ三十秒に一発の割合で噴出していた。

もちろん同行の編集者二名も仕事の前倒しは同じであるが、彼らはふつうの人間なので疲れりゃ眠くなるのである。したがって往路の十四時間は、彼らにとって地獄のフライトであった。

昂揚感《こうようかん》の上に久々の解放感が重なってすっかり「空飛ぶお祭りおじさん」と化してしまった私は、眠りに落ちようとする彼らにビンタをくれつつ、しゃべり続け、ギャグをカマし続けたのであった。

パリに到着してからも私のテンションが下がることはなかった。前回のイタリア旅行の際には到着地がシチリアであったから、マフィアに対する恐怖心がかろうじて私の昂揚感を抑制していたのであるが、今回は花の都パリである。町は明るく、治安はよく、しかも夢にまで見た凱旋門賞まであと数日となれば、私の気分が鎮静化《ちんせいか》するはずはなかった。

こうしてめでたく第三回目の霍乱はやってきたのである。

凱旋門賞の翌日、すなわち現地時間十月六日午後七時、シャンゼリゼにほど近い日本大使館公邸で、私の興奮は最高潮に達したのであった。そう、直木賞をいただくと霍乱の場所までグレード・アップするのである。

当日は朝から少々風邪ぎみであった。この「風邪ぎみ」が、過去二度の霍乱における共通のファクターであることをすでに知っている私は、晩餐会《ばんさんかい》で万が一にも失態があってはならじと、その日は朝からホテルを一歩も出ずに養生をした。

大使館の晩餐会には二名の担当編集者も同席する。出発前のミーティングでいちおう二人には、「『勇気凜凜ルリの色』の文中でご存じと思うが、三たび霍乱を起こす要因が揃っておるので留意していただきたい。なお万一の場合でも場所が場所であるから、独断で救急車を呼ぶようなことは決してせず、私の意思表示を待つように」と、言い含めた。

とは言いつつも、相変らずテンションは高いのである。新調したジョルジオ・アルマーニのスーツにボルサリーノを冠《かぶ》り、車の中はオヤジギャグの宝庫と化していた。

過去二回のときも同様だったのであるが、霍乱はまったく突然にやってきた。晩餐会の席上ではしごく気分が良く、大使や来賓《らいひん》の方々と楽しく語らい、食事もおいしく平らげたのである。しかしデザートのお団子とおうすが供されたころ、突然目の前が暗くなり、脂汗《あぶらあせ》が出始めた。

食事が終わると同時に階下のトイレへと走り、便座に屈《かが》みこんだまましばらく失神した。この霍乱の医学的な原因は今もって不明なのであるが、「失神」という表現は決してオーバーではない。箱根山事件のときはトイレの中で、赤坂事件のときは地下鉄の車内で、まったく棒きれのようにブッ倒れて意識がなくなったのである。時間にすればほんの数分間なのであろうが、その間は完全に記憶がない。

我に返ると、呼吸がたまらなく苦しく、顎《あご》の先から汗がポタポタと滴《したた》り落ちていた。声も出ない。

と、私の異変に気付いていた編集者のN君が扉の外から声をかけた。

「浅田さん、大丈夫ですか！」

「うー、うー、うー」

と私は唸《うな》った。本当は「救急車を呼んでくれ」と言っていたのである。おぼろな意識の中で、今度こそ「三度目の正直」だと思っていた。

直木賞をいただき、凱旋門賞を観戦し、シェイク・モハメド殿下と握手をし、翌日シャンゼリゼの日本大使館にて客死——おお、何とすばらしい結末であろうと、お祭りおじさんの私は思った。

だが待てよ……『鉄道員《ぽっぽや》』はまだブンブン売れている。東京からの連絡によれば、何と十五刷六十四万部だと。しかも今月なかばには第二短篇集『月のしずく』が出る。十二月には『蒼穹《そうきゅう》の昴《すばる》』のお待ち遠さま第二弾『珍妃《ちんぴ》の井戸《いど》』が出る。正月には『勇気凜凜ルリの色』の第三巻だって出るのだ。

やっぱり死にたくねー！

と心で叫んだとたん、スッと気分が良くなった。

青ざめるN君をよそに、私は何ごともなかったかのようにトイレを出、顔を洗い、見送りの大使に挨拶をして車に乗った。

年に一度の儀式は終わった。これであと一年は大丈夫だ、と思った。

すっかり動顚《どうてん》して言葉も出ない編集者たちと、明日は晴れやかな気分で凱旋門をくぐろう。

まだまだ戦《いくさ》はこれからだ。

ふたたび真夜中の伝言について

わが家の二階には六畳大のふしぎな部屋がある。

白い壁紙を貼りめぐらせた日当たりのよい一室なのであるが、どことなく冷ややかで無機質で、そのくせ真夜中でもざわめきや小さな悲鳴が絶えない。

近ごろではこういうふしぎな部屋をお持ちのご家庭は多いと思う。

壁回りに、まずパソコン。業務用と家庭用のファックスが二台。電子ピアノ。そして電動式仏壇。これがわが家におけるこの部屋の住人たちである。そう、ごく最近、自衛隊の同期生有志から機密保持のためのシュレッダーが贈られ、この部屋のメンバーに加わった。

もちろんそれらの多くは、私の仕事の合理化のために設置せられたものなのであるが、当の本人はいまだ一階の書斎で、文机《ふづくえ》に原稿用紙を拡げ、古色蒼然《こしょくそうぜん》たるスタイルで万年筆をふるっている。

誠に遺憾《いかん》ながら私は徹底的な機械オンチで、彼らを制御することはまったくできない。もっともそんな私だからこそ、彼らから授かる恩恵もまた大きいのであるが。

ことに、私はファックスという機械を尊敬している。いったいどういう仕組みなのかは知らんが、文字や図柄が電話線を通じて電送される。この利器の登場により、小説家が授かった福音《ふくいん》ははかり知れない。

第一に、原稿の受け渡しが瞬時にして行われるので、編集者と無駄話をせずにすみ、旅先からでも行方不明中の謎の場所からでも、何ら支障なく連載小説を送ることができる。その結果、多くの旅先作家、地方在住作家、海外居住作家が出現することになった。ファックスは小説家に人間的解放をもたらしたのである。

第二の利点として、いちいち電話の応対をする必要がなくなった。原稿が一段落ついたときにファックスを覗けば、連絡事項はちゃんと文書になって配達されている。しかも、それらをファイルしておけば約束事を忘れることもなく、記録にもなるのである。

第三に、連絡の時間帯というものをまったく気にする必要がない。夜中だろうが明け方だろうが、書き上がった原稿を送ってしまえば仕事はおしまいで、一方の編集者たちも夜中だろうが明け方だろうが、連絡事項を送ってさっさと帰宅してしまえばよい。ともに不規則な時間割で生活をしている私たちの業界で、このコミュニケーションのありかたは積年の夢であったといえよう。

あらゆる物品の購入に関して、極めて慎重かつ吝嗇《りんしょく》であるはずの私が、わが家の一室に最新鋭業務用ファックスを導入した理由は、ひとえにこの利器に対する尊敬の念からであった。

というわけで、版元音羽屋に関連業者を紹介してもらい、身内価格をさらに値切り倒してこの最新鋭機を買ったのであるが、実のところ機械が上等すぎて、何が何だかわからんのである。

ために、かつて本稿でも書いたが、真夜中にアイ・バンクの留守電にアクセスしてしまい、「ご遺体についてのご連絡は……」などというコメントに慄《ふる》え上がったこともあった。

実は先日、この機能の複雑さのためにまたしても失敗をやらかしてしまった。過ぎてしまえばけっこうおかしいので、まあ聞いてくれ。

たびたび自著の宣伝となって恐縮ではあるが、十月下旬に『鉄道員《ぽっぽや》』に続く第二短篇集『月のしずく』が刊行された。

書物の出版というものは一種の文化事業であるから、刊行の前後にはさまざまな伝統的儀式が行われる。

まず、刊行日の数日前に見本が刷り上がると、担当編集者が作家のもとに持参し、手渡す。このときの神聖な雰囲気は、あたかも母親が生まれたばかりのわが子を父の手に托す場面のようである。

いわば「上梓《じょうし》の儀」であるこの行事は決して粗略にしてはならず、これによって作家と編集者の長い苦労は完結するのである。

さて、『月のしずく』の刊行日を間近に控えて、フランス旅行から帰ったばかりの私は仕事の山と格闘しており、担当編集者もまた多忙をきわめていた。しかし「上梓の儀」はどうしてもないがしろにはできないので、畏《おそ》れ多くも文芸担当部長が御自ら拙宅に見本を持参して下さる、ということになったらしい。

その旨のファックスを受けとって甚《はなは》だ恐縮したのであるが、あいにく指定なさった翌《あく》る日は私の方に先約の予定があった。しかもそのファックスに気付いたのは私が深夜に帰宅した折のことで、ものの十時間後には文芸部長が見本をたずさえておいでになる、というわけだ。

周章狼狽《しゅうしょうろうばい》した私は、ともかく期日の変更を希望する旨《むね》のファックスを部長のご自宅へと送った。時刻は真夜中の二時すぎであった。こういうときファックスは便利なのである。

ところが、最新鋭ファックスの取り扱いに慣れていない私は、オロオロとしたあげくに部長宅のファックス番号ではなく、電話番号を押してしまった。

長いコールの間に、おのれの失策に気付いた。あろうことか私は真夜中の二時すぎに、寝静まった部長宅に電話をかけてしまったのである。

「……もしもし」と、やがてファックスのスピーカーから部長の不穏な声。

これはいかん、どうしよう、とうろたえるうちに、間違い電話だと思ったのかブッツリと切れた。

改めてメッセージをセットし、ファックスのボタンを押したのであるが、これがなぜか作動しない。そうこうするうちにものの五分後、こんどは機械が勝手に先方の電話をコールした。

「……もしもし、どなたですか?」と、再び部長の不穏な声。こうなると気の弱い私は、受話器を取って申し開きをする勇気がなくなってしまい、ともかくこの事態を何とかしようと、やみくもにボタンを押した。

しかし機械は私の意に反して、五分ごとに先方の電話をコールし続けるのであった。

要するにこの最新鋭業務用ファックスは、連絡内容が先方にプリントアウトされるまで、執拗《しつよう》にコールし続けるという恐怖の機能を搭載していたのである。すべては私が起動時にファックス番号と電話番号を押しまちがえたからであった。

もちろん、そうしたミスを回復する機能もあると思う。送信を中断することも当然できると思うのであるが、私にはできないのだから仕方がない。

「……もしもし」と、律義な部長は五分ごとに鳴り続ける電話にいちいち応対して下さる。回数が重なるほどに、私はいよいよ受話器を取って申し開きをする勇気が失《う》せ、ひたすら脂汗をかきながら分厚い取扱説明書をめくり続けた。

そのうち先方のご家族が起き出してくる気配なども伝わり、もちろんわが家の家族も目を覚ました。一時間にわたるパニックののち、わが家の唯一の理科系である娘の「バッカじゃないの」という指示により、ファックスの電源は切られた。

その後、娘にこんこんと説教をされた。

わが家系に奇蹟のごとく出現した理科系受験生は言うのである。

「これがファックスじゃなくて核弾頭のボタンだったら、どうするつもりなの。エラーじゃすまないのよ。機械がどんなに優秀になっても、それを起動させるのは人間だということを忘れてはいけません」

はい。おっしゃる通りです。もし私が核兵器の管理者であったのなら、全世界が破滅してもなお、ICBMは勝手に飛び続けていたことになる。

こうして私は、おのれが最新鋭ファックスを取り扱う資格のない愚かな人間であると思い知った。この点について文科系的に言うならば、尊敬すべきものはひそかに愛しこそすれ、決して手を触れてはならぬのであろう。

あの夜、謹厳な部長のご家庭に降って湧いた災難を、私は知らない。ちょっと無責任だけど。

現場検証について

午前三時三十分。

ホテル・コンコルド・サン・ラザールのベッドで仮眠から覚めた私は、いそいそと身なりを整えた。

コーデュロイのブラック・スーツにアスコット・タイを締め、ダスター・コートを羽織《はお》る。ボルサリーノのソフトを目深《まぶか》に冠《かぶ》り、サン・ジェルマンのタバコ屋で値切って買ったダンヒルのパイプをくわえる。甘い香りのボルクムリーフ・チェリーキャベンディッシュは、私の好みだ。

中庭からさし入る月かげを踏んで廊下を歩く。同行の編集者たちは私の目論見《もくろみ》などつゆほども気付かず、深い眠りに落ちていることだろう。古いエレベーターの軋《きし》みに、胸が高鳴る。

ひとけのないロビーの吹き抜けには、百年の間消えることのないシャンデリアが輝いている。

「ボンソワール・ムッシュウ。これからお出かけですか？」

眠そうな笑みをうかべて、真夜中のコンシェルジェが訊ねた。

「ボンソワール。恋人に会いに行くのさ。メルセデスは届いているかね」

「ウィー。先ほどから、玄関に」

チップを受け取ると、コンシェルジェは満面の笑顔をかしげて、玄関の回転扉に掌を向けた。

「この夜更けにメルセデスでお迎えにいらっしゃるとは、さぞかし素敵な女性なのでしょうね」

「素敵な人だよ。背が高くて、笑顔が美しい」

「日本人、ですか？」

「ノン。英国人《アングレーズ》——名前を知りたいかね」

「もしさしつかえなければ」

「プリンセス・ダイアナ」

「……すばらしい。では、お気をつけて」

回転扉をくぐると、冴《さ》えた月明りの中に黒いメルセデスが置かれていた。

　ボーイにチップをはずんで運転席に乗りこもうとしたとたん、私は両脇から腕を摑《つか》まれた。

　たちまち路上に引きずり出される。

「な、何をする！　乱暴はよせ」

　ふと見ると、私の左腕を摑んでいるのは編集者N君。右腕はパリ在住画家のM君が抱きかかえている。

　ラメ入りのストールを翻《ひるがえ》して、スペードの女王ことC女史が眼前に立ち塞《ふさ》がった。

「ほーっ、ほっ、ほっ。どーせこんなことだろうと思いましたわよ。メルセデスのレンタカーを注文して、しかも午前三時に事故現場の検証ですか。ご立派ですわよねー。小説家のカガミですわー♠」

　目論見を看破されて、私は開き直った。

「君らにとやかく言われることではあるまい。どきたまえ」

「いーえ、どきません。いかに〈週刊現代〉誌上で読者に約束したとはいえ、ホテル・リッツからベンツに乗って百九十キロでブッ飛ばそうなんて、とーんでもない。だめです♠」

「ほう。他社の取材はまかりならんと、そういうわけか。何とケツの穴の小さい話ではないか」

「おだまり♠。当社を音羽屋のパパラッチどもと一緒にしてもらっては困ります。よろしい。ではあなたの作家魂に敬意を表して、このようにいたしましょう」

「……な、なにをするつもりだ」

「言わずと知れたこと。お伴しますわ♠」

C女史が白い掌をサッと挙げると、たちまち私の体はリヤ・シートに押しこまれた。隣にC女史が乗り、運転席にN君、助手席にM君。おお、この座席の配置はまさにあのときと同じではないか。

「では、参りましょう。ムッシュ・ドディ・アルファイド♠」

黒のメルセデスは激しくタイヤを軋ませて真夜中の街路を駆け出した。

「待て、N。君は国際免許を持っているのか」

テールを思い切り振って派手なUターンをすると、N君はこともなげに言った。

「ご安心下さい。A級ライセンスのおまけつきです」

メルセデスはすさまじい加速で、アッという間にマドレーヌ寺院の脇をすり抜け、コンコルド広場に飛び出た。パリ在住の画家M君が、適切な道案内をする。

「セーヌ川沿いに右折すれば自動車専用道路です。そう、あれがアレクサンドル三世橋。現場はその向こうのアンヴァアリッド橋の先、アルマ橋のところで問題のトンネルに入りますから」

自動車専用道路に入ったとたん、N君は一気にアクセルを踏みこんだ。アウトバーンで鍛えられたメルセデスのエンジンは強靭《きょうじん》である。

「よせ、N。こわいっ!」

「まだ百五十キロですが。過日の『勇気凜凜ルリの色』によれば、百九十キロのスピードで現場検証をするつもりだ、とか」

「やーめーろーッ! おい、C。何とかしろ、やっとの思いで直木賞をもらったんだ。人生はこれからじゃないか」

「いーえ。こうなりゃ死なばもろともですわ。万がいち生きて帰れたなら、浅田さんがどんな原稿をお書きになるのか、わたくしたいそう興味がありますの♠。あー、気持ちいい」

「こえーッ! おっかねーッ!」

「Nさん♠……」

「はい。何でしょう。プリンセス・ダイアナ」

「ムッシュ・アルファイドに、わたくしたちの勇気とパワーを思い知らせておやり。ついでに音羽屋のパパラッチどもにも♠」

「かしこまりました……」

「やーめーてーくーれー!」

私事の状況報告はともかく、現場検証の結果を申し上げる。

まず、悲劇の事故現場は巷間《こうかん》言われているほどの「急カーブ」ではない。件《くだん》の自動車専用道路はセーヌ川に沿って走っているわけであるから、さほどの急カーブになろうはずはなく、足回りのよい車であればほとんど減速の必要はない程度である。

ただし、トンネルにはゆるいカーブのまま下って行くので、車には自然と加速がつく。その点は危険といえばたしかにそうとも思えるが、東京の首都高速の合流地点などと比べれば、はるかに安全な道路という気はした。

だとすると、問題は道路の形状ではなく、車の速度にあったのではないかと思われる。

パリに限らず、ヨーロッパのドライバーの平均速度は日本のそれよりずっと速い。全体的に車の流れが速く、われわれの目から見れば運転はきわめて乱暴で、安全に対するマナーも悪い。翻《ひるがえ》って言うのなら、運転がうまいのである。これは生活における車文化の長さと深さ、そして生まれ持った運動神経のちがいによるものなのではあるまいか。

しかも高速安定性には定評のあるメルセデス。この車を運転したことのある方はおわかりと思うが、時速百キロを超すとふしぎなくらいにエンジンもハンドルも安定し、スピード感がなくなる。すなわち、高速走行を前提として設計された車なのであろう。

東京の首都高速を時速百五十キロで走る車はめったにいないが、パリの自動車専用道路では、深夜ならばべつだん異常な速度ではなく、車にとっても無理な速度ではない。

いくらパパラッチに追われていたからとはいえ、速度について危険を感じれば同乗者たちは何とか言ったはずである。仮に多少のワインで気が大きくなっていたとしても、ベテランの運転手と三人の同乗者が、何ら身の危険を感じずに、パパラッチの追及から逃れようと考えていたはずはあるまい。つまり、あの事故はわれわれ日本人の常識でいう「暴走」の結果ではなかったのであろう。

エッフェル塔を見上げるトロカデロ広場に車を止めて、私たちは一様に考えたのであった。あれは、運命だったのだ、と。

パイプに火を入れて、酔狂《すいきょう》な編集者たちの横顔を見た。彼らとともに死なばもろとも走り続けることが、私の運命なのかもしれない。

煙の中で、パリの灯が瞳にしみた。

オートメーションについて

原稿用紙に「オートメーションについて」という表題を書き、何とまあクラシックな外来語であろう、と呆《あき》れた。

この言葉は私が子供のころに、さかんに使われた流行語である。つまり機械が自動的に働いて人間のかわりに作業をすることなのであるが、現在ではあまりにも当たり前になってしまったので、「オートメーション」という言葉すらも古くさくなってしまった。

思えば昭和三十年代には、ベルトコンベアーの上で生産工程が組まれ、製品がいっさい人間の手をわずらわせずにできあがることは、まさに瞠目《どうもく》すべき文明だったのである。

本誌読者の多くも、社会科見学と称してそうした先進の工場を見物に行った経験がおありかと思う。

無人の工場内で、機械が勝手に物を生産して行くさまを目《ま》のあたりにした私は、ああおそらく私が大人になるころには、会社にも行かず仕事もせず、毎日を寝て暮らせるのだろうなどと考えたものであった。

ところで、なにゆえ私がこのような古くさい言葉を引用するのかというと、「オートメーション」を思わず想起させる状況が私の身辺に現出したからである。

本稿でもしばしばグチッている通り、ただいま私は、情けないほど忙しい。情けないというのは、ほとんど人間としての私の尊厳が殆《あやう》いというほどの意味である。

元来グチは言わないタイプの私があえてグチるのは、グチることによって私の悲惨な実状を周囲の人々に理解していただき、多少は仕事の減ることを期待していたからであった。

しかし何としたことであろう。周囲の人々はたしかに私の実状を理解して下さったのだが、彼らは「浅田さんの仕事を減らそう」とは考えずに、きわめて日本人的発想により、「浅田さんの仕事を合理化しよう」と考えたのであった。

十一月七日午後四時現在、私は大阪は梅田のとあるホテルでこの原稿を書いている。ナゼここにいるのかというと、私はすでにラインに乗ってしまった「製品」なので、自分でもよくわからんのである。

で、自己の存在確認のために手帳を取り出し、俺はナゼここにいるのかと考えた結果、周囲の人々の手でオートメーション化された生産ラインの全容が判明したのだ。

まず今から三日前、すなわち十一月四日の午前六時四十分に、いずこからともなくわが家に迎えの車が来た。そのころ私は、某月刊小説誌に掲載予定の短篇を脱稿し、さて二日ぶりに眠るべいとアクビをしていたところであった。

書斎から出ると、家人が私の旅仕度を整えて玄関に靴ベラを握って立っており、よく知らない人が「おはようございます」と言った。思考停止のまま、ともかくどこかへ行かねばならんのだなと思い、用意されていた衣服に着替えて車に乗った。

フト目覚めると羽田空港にいた。よく知らない人（仮にAとしておく）は、大型ボストンバッグを両手に持って、広島行のジェット機に乗った。二つの大荷物はともに私のカバンである。私のカバンの行くところに私も行かねばならないと思い、スーパー・シートに座ったとたん前後不覚の眠りに落ちた。

フト目覚めると、広島空港のゲートでよく知らない大勢の人たちに囲まれていた。そこでようやく、よく知らない人Aは出版社の宣伝関係の人であり、よく知らない人Bは航空会社の広報関係の人であり、よく知らない女性Cは大手広告会社の人であるということがわかった。

航空会社と出版社の主催にかかるトーク・セッションが予定表に書かれていたことを思い出した。何月何日に何があるという予定の詳細はすでに忘れているのである。つまり、今日がその日らしい。

やがて私はオートマチックに会場に入り、ピアニストのS氏、女優のHさんと三人で「べートーヴェンについて」というソラおそろしいおしゃべりをした。

ホテルに戻ると山のようなファックスゲラが飛来していたので、オートマチックに校正をし、目が覚めると熊本空港にいた。

よく知らない人Dの手で私の荷物が運ばれて行くので、見失ってはならじと後を追った。お城のそばのホテルに着くと、またしてもよく知らない人E・F・G・H等が出迎えており、締切まであと三時間という新聞社からの緊急ファックスも届いていた。

原稿を書き上げると、誰かがファックスを送信して下さり、そのままマッサージに肩を揉《も》まれて深い眠りに落ちた。

フト目覚めると、熊本城の天守閣に立っていた。携帯電話で家に連絡をとり、いったいどういうことなのだと家人に説明を求めると、本日のトーク・セッションは熊本だという。ハイハイわかりましたと答えてホテルに戻ると、部屋は数百冊のわが著書に埋まっていた。よく知らない人Iが、サインをしてくれというので、オートマチックに名前を書いていると、でき上がったサイン本はよく知らない人Jの手で落款《らっかん》を捺《お》され、よく知らない人Kの手でいずこへともなく運び去られて行った。

気が付くと巨大な県民ホールのステージで演説をしていた。その後、ピアニストH嬢と音楽評論家H氏の間に挟まって、再び「ベートーヴェンについて」のトーク・セッションが行われた。

うとうととまどろみ、目覚めては原稿を書き、間断なく飛来するゲラを校正し、荷物の後を追って歩き、さきほど気が付くと伊丹《いたみ》の空港に立っていた。

トーク・セッションは二回のはずであるから、いったいこれはどうしたことであろうと考える間もなく、目の前の私のバッグは航空会社の人らしいＬの手から、別の出版社の人らしいＭの手に渡された。

かくて私は自動的に梅田のホテルの一室で、「勇気凜凜ルリの色・オートメーションについて」の原稿を書いているのである。

手帳をよくよく見ると、明日午後一時から梅田の書店で、午後四時から神戸三宮の書店でサイン会、とある。

なるほど、と得心した。つまりトーク・セッションのラインとサイン会のラインが接続されているのだ。

待てよ——さらによくよく見ると、この生産ラインはサイン会の後も別のラインへと合理的に接続されているではないか。

十一月八日に二つのサイン会が終わると、私の荷物は出版社の手からＪＲＡに渡されるらしい。京都競馬場で行われるＧＩレース、エリザベス女王杯の観戦記取材のためである。

で、レース終了後、新幹線「のぞみ」で帰京。と思いきや、私のバッグは東京駅のホームでＪＲＡのよく知らない人の手から、またまた別の出版社の人の手に渡されることになるらしい。

午後八時からホテル・ニューオータニで「浅田次郎の美女対談」だと。

何と某週刊誌のこの企画までもが、生産ラインに巧みに接続されているのである。

こうして私は、えんえん一週間に及ぶオートマチックのラインに乗って流されていることに気付いた。

二つの巨大なボストンバッグの中味は、一週間分の着替えと、原稿執筆やゲラ校正に必要な書籍文具類であった。欠けているものが何ひとつないというのが、またこわい。

生産ライン上の私は「製品」であるから、余分なことは考えなくともよいのである。オートマチックに、目の前にやってきた状況を享受すればよい。

三つの出版社と広告会社と航空会社とJRとJRAが、いったいどのようにラインを構築したのかはわからぬが、ともかく物理的に不可能なはずの私の日程は、きちんと、もちろん完全に内容を伴って消化される。

奇蹟である。日本人の叡智《えいち》を感ずる。周囲の人々は私の人間的尊厳を保護しつつ、作家的使命を全《まっと》うさせるのであろう。

ところで、手帳によれば来週は取引先がそっくり入れ替わって、やはり同様の苛酷な日程となっているのであるが、果たしてすでにラインは組み上がっているのであろうか。誰かに電話をして聞いてみたいのだが、何だかこわいのでやめておく。

歓迎について

ホテル・コンコルド・サン・ラザールのカフェで雑談をしているうちに、誰が言い出すともなく今夜はカジノに行くべい、ということになった。

男女混合総勢七名、推定年齢三十五歳から四十五歳、職業の内訳はカメラマン、画家、小説家、編集者、ＪＲＡ職員、とくれば、ごく自然な一夜の過ごし方といえよう。

ところで、まことに意外な告白をするが、私は生まれてこのかたカジノに行ったためしがなかったのである。

つまらぬミエを張っても仕方がないのでその旨を人々に告げると、初めはみなさん冗談だと思ったのかドッと笑い、次いで私の真顔を注視して、シンとしらけた。

「……信じられない。本当ですか、浅田さん」

と、編集者Ｎ。

「意外だなあ。人間って、わからないものだなあ」

と、カメラマンK。

「浅田さんがカジノを知らなかったなんて、女を知らないって言われたほうがまだしも信じられますわ」

と、編集者C。

「それ、エッセイとかに書かないほうがいいですよ。イメージこわれるから」

と、画家M。

「カタギだったんですね」

と、ＪＲＡ職員。

どのようなきれいごとを言おうと、やはり周辺は私のことを「極道作家」だと認識していたのである。このさき文化人としてコペルニクス的な更生をいたそうと真剣に考えていた矢先、私の落胆ははげしかった。

たしかに「飲む打つ買う」の極道ヅラである。しかしその正体はと言えば、酒は一滴も飲まず、バクチは近頃ほとんど仕事（連載エッセイ四本）の競馬しかやらず、女性に対してはつとめて清廉《せいれん》かつストイックかつジェントルなのである。

そんな私がなにゆえカジノ童貞を笑われなければならないのであろう。一人ずつ張り倒そうと思ったが、すんでのところでグッとこらえ、

「諸君、人間をミテクレで判断してはいけないのだよ」
というような説諭をたれた。

アンギャンはパリ郊外の高級リゾートである。湖のほとりに瀟洒《しょうしゃ》なホテルや別荘が建ち、ヘミングウェイが愛したという小さな競馬場もある。カジノはルシアン・バリエールというリゾート・ホテルに一ヵ所あるきりなので、想像していたようなけばけばしさはどこにもなかった。

フロントで服装のチェック。スポーツ・シューズはご法度《はっと》で、カメラマンと画家は革靴にはきかえさせられた。

パスポートを提示し、何やら書類を書く。全員が揃うまでロビーで待っていると、カジノの支配人と称する初老の紳士がやってきた。フランスふうに両掌を胸の高さで揉《も》み、ニコニコと微笑みながら歓迎の言葉を述べる。

「このオヤジ、気持ち悪いな。何言ってるんだよ」

と訊ねれば、通訳のカメラマン曰《いわ》く、

「えーと、このたびフランスのゴンクール賞にあたる文学賞を受賞なさった日本の小説家《エクリボン》、ムッシュ・ジロー・アサダにお会いできて光栄です——とか言ってますけど」

「いいかげんな通訳はするな。殴るぞ」

「あ、いえ。本当にそう言ってます」

そうこうするうちに、カジノ関係者らしい紳士が何人もやってきて、次々に挨拶を始めた。場所が場所だけに、すこぶる気持ちが悪い。

「……俺のこと、どうして知ってるんだよ」

「さっき書類に、エクリボンって書きましたよね」

「そりゃ、〈職業〉だから」

「そしたら、どういうエクリボンだって聞くから、フランスのゴンクール賞みたいな文学賞をもらった人だって……」

私はたちまち通訳の鼻ヅラに裏拳を見舞った。狼藉者《ろうぜきもの》としてたちまち叩き出されるかと思いきや、「オー、カラテ！」とかの拍手喝采。

やがて一行七人は慇懃《いんぎん》な揉《も》み手に囲まれて、カジノに入った。

高い天井から豪華なシャンデリアが吊り下がり、広いフロアに装いをこらした紳士淑女《しんしゆくじょ》が、ルーレットやバカラの卓を囲んでいる。とりあえずホールを見渡すレストランのテーブルにつくと、頼みもせぬのにシャンパンが運ばれてきて、支配人が自《みず》ら栓を抜いてくれた。背後には相変わらず四、五人の紳士たちが、揉み手をしながら立っている。さらに頼みもしない料理が次々と運ばれてきた。

「おい、アンギャンのカジノはみんなにこんな接待をするのか」

と、同行者たちに訊ねれば、誰もが薄気味悪そうに「そんなはずはない」と言う。

「まさかとは思いますけど、もしや同じ日本の作家ということで、どなたかとまちがえているんじゃないですか？」

編集者Nの仮説には思い当たるフシがあった。実はある著名な作家がパリに滞在中であるという噂を耳にしていたのだ。

私より数年前に「日本のゴンクール賞」を受賞した先輩作家であり、ただいま「週刊現代」の対抗誌である「週刊P」に連載エッセイを執筆しておられる。当然、作家の格に準じて、あちらは巻末掲載豪華カラーグラビア付きであるけれども。

「まちがえるって、顔があんまりちがうじゃないか」

「はい。背丈もちがいます。ハッハッハ」

編集者Nの頬をフォークで突き刺し、とりあえず食事をした。まちがいだろうが何だろうが、出されたものは食う。すでに私の権利である。

たぶん、人ちがいではないのであろう。要するに某先生と同じステータスを持った日本の小説家なのだから、上客にちがいないと判断されたのである。

しかし彼らには大きな誤算があった。顔よりも背丈よりも何よりも、私はセコい。

タダメシをおえ、チップを買いに行く。セコイ私が初体験のカジノで大金など賭《か》けるはずはない。したがって両替は一〇〇〇フラン（約二万円）である。勝っても負けてもこれだけ、と考えていた。むろんこの金額にも根拠はある。シャンパンと食事代の相当額。文句はなかろう。

支配人は私をエスコートしながら、さかんに奥のテーブルをすすめるのだけれど、行くはずはない。そちらは「100FF」の表示がある。

で、迷いもせずに最低レートの二五フランテーブルへ。要するにこちらはチップ一枚が五〇〇円。分相応である。

「レートの高さとゲームの面白さは比例しない」というのが私のバクチ哲学で、これはむしろ「分不相応のレートはゲームの面白さを損《そこな》わせる」とも言える。安いバクチはつまらんが、高いバクチもやっぱりつまらない。ゲームを楽しみながらバクチの興奮も堪能《たんのう》する適正なレートというものは、はっきりあると思う。

てなわけで、まったく分相応に二五フランチップで赤くなったり青くなったりしていると、いつの間にか支配人はどこかへ行ってしまった。メガネちがい、と気付いたのであろう。以後数時間、当初の歓迎ぶりなど嘘のように誰もかまってはくれず、そればかりかたまに大きな的中があると、ディーラーから祝儀《しゅうぎ》の催促《さいそく》をされた。

数日後、再び思い立ってアンギャンのカジノを訪れたのであるが、もちろん歓迎などされなかった。しかしノーマークのおかげでこの夜は絶好調。二五フランテーブルの勝ちに乗じて五〇フランテーブルにレート・アップし、笑いの止まらぬ大勝利を飾った。

バクチに必勝法はないが、豪華タダメシとタダ酒にありつく方法はある。これからはラスベガスでもマカオでも、「ゴンクール賞をもらった日本の小説家」と名乗ろう、っと。

福音《ふくいん》と孤独について

わが家から車で五分という至近距離に、突如として温泉が湧《わ》いた。

しかも風光明媚《ふうこうめいび》な多摩山中、豪華クアハウス付きで、この秋堂々のオープンを飾ったのである。

何という福音であろう。車で五分ということはつまり、歩いても行ける距離なのである。銭湯よりも近いのである。銭湯マニアで大の温泉好きで一流サウニストを自負する私の、のみならず温泉はおろか銭湯にもサウナにも行けぬみじめな私の、書斎から脱走してわずか五分の場所に、巨大クアハウス付き天然温泉がオープンしたのである。

編集者を応接間に待たせたまま、「ちょっとタバコを買ってくる」とか嘘をついて温泉に行けるというこの福音。

あるいは愛犬パンチ号のおさんぽの道すがら、「いいかね、ちょっとの間おとなしく待っているのだよ」と言いきかせてそこいらの電信柱に縛りつけ、温泉に行けるというこの福音。

もしくは、しつこいインタヴュアーを、「外で話そうよ」などと言って誘い出し、やおら露天風呂でテープを回すというこの福音。

おそらくは日夜「温泉に行きたい、どうか行かせて下さい」と念じていた私の祈りを、天が聞き届けてくれたのであろう。つくづく身を粉《こ》にして働いてきた甲斐があった。

ところで、話は全然変わるのであるが、近頃どういうわけかテレビの出演が増え、まさかカツラをかぶるわけにも行かぬので、娘の意見を容れ、シラガを染めた。

シラガ染めといってもしごく簡易な方法である。ムース状の真黒な整髪料で、髪をコッテリと整える。洗髪後の一回ではたいして変わりがないのであるが、なるたけ髪を洗わぬようにし、毎朝毎晩マメに上塗りをくり返して行くと、これがけっこうきれいな黒髪に変わる。ただし水溶性なので、洗髪後は真黒な水とともに染料はサッパリと洗い流され、もとのハゲジラガに戻ってしまう。

もっとも、私はシラガをさほど恥じているわけではない。理不尽なことに、ハゲ残った髪がどんどんシラガになって行くので、実際のハゲ以上のハゲに見えてしまうのがイヤなのである。シラガが黒く染まれば、当然ハゲは挽回されたように見える。いや、真実のハゲがはっきりとするのである。シラガのせいで実際のハゲが誇張されて見えるのは、いわば「誤解」であるから、そのままにしておくことは私の良心と正義感とが許さない。ハゲのためにシラガを染めるというのは、何だかものすごく悲劇を感じさせるのだけれど、真実のハゲを主張するためにはいたしかたないのである。

ここで話は再び温泉に戻る。

過日、締切の合間を縫って件《くだん》の温泉に行った。折しも休日の午後ということで、クアハウスはたいそう混んでいた。

このところ、テレビ出演や雑誌のグラビア、宣伝広告等で、ずいぶんと顔が売れてしまっている。町なかでジロジロと注目されるぐらいならべつだんかまわないのだが、クアハウスの中というのは、そうと気付かれればけっこう恥ずかしいものがある。私は出たがりのわりにはシャイなので、混雑しているときにはなるたけタオルで顔を隠すようにし、湯舟に浸《つか》れば壁を向いている。

とりわけその日の混みようは尋常ではなく、芋《いも》を洗うような大浴場に入ってからは、終始タオルでヒゲから下を隠し続けておらねばならなかった。

で、少々手順をまちがえたのである。

まずまっさきに髪を洗わねばならなかったのであるが、それを忘れた。かつてグラビア撮影中ににわか雨に降られ、シラガ染めが黒々と顔面を流れてカメラマンを仰天させたことがあった。しかし今回は多忙にかまけて数日間フロにも入っておらず、その間シラガ染めは上塗りに上塗りを重ねていたがために、かつてカメラマンを仰天させた程度の生やさしい染まり方ではなかったのである。

湯舟に浸っている間、私は他人の目ばかりが気になって、手順をたがえたことなどすっかり忘れていた。

周囲の視線を感じた。数日前に、よせばいいのに調子に乗って、「たけしのTVタックル」に出演してしまい、アップの顔を国民に知らしめていた。

衆視に耐えきれず、シャイなくせに出たがりの性格を深く省《かえり》みつつ、口元をタオルで押さえて秋雨のそぼ降る露天風呂へと出た。ところが、折からの雨と湯煙りとで視界は朦朧《もうろう》としておるにもかかわらず、やはり人々は物珍しげに私を注視するのである。のみならず、子供らは私の顔を岩蔭から覗き見て、キャッキャッと笑うのであった。

たけしと一緒にテレビに出た人間がそんなに珍しいか。舛添先生と同工異曲の顔を並べたことが、そんなに面白いか。（筆者注・同工異曲＝細工・手ぎわは同じであるが、とらえ方・趣が違うこと。また、違っているようで実は大体同じようなこと。以上「岩波国語辞典」による）

憧れ続けていた温泉、しかも神の福音のごとくに、自宅から目と鼻の先に湧き出た温泉に入る私を、人はなにゆえ笑うのであろう。

露天風呂の雨に打たれながら、私は世の不条理を呪い、シクシクと泣いた。

そして須臾《しゅゆ》ののち、固く決心したのである。天に恥じることは何ひとつしてはいないのだ。珍しがられようが笑われようが、父母から授かったこの顔を人目から隠したりするのはやめよう。どうせ隠すのならキンタマを隠そうと私は思った。

かくて私は露天風呂から仁王のように立ち上がり、周囲をぐいと睨《にら》みわたして歩き出した。行先はもちろん、シャイな私が最も脅威とするサウナ・ルームである。

明るい。逃げ場がない。そのうえみんながヒマである。したがって特定少数の男どもが、たがいの肉体やツラ構えを観賞しつつ時を過ごす。

試練だ、と私は思った。かつて後楽園のボディビル・ジムで三島由紀夫を発見したとき、彼はまったく任意の一人としてバーベルを持ち上げていたではないか。また、青山の鰻屋《うなぎや》でお見かけした井上ひさし先生は、やはり任意の一人として蒲焼を食っていらしたではないか。そうだ、私も正々堂々と任意の一人になろう。

そう決意して、背筋をピンと伸ばし、顔はおろかキンタマも隠さずにサウナ・ルームの扉を開けたのである。

広いサウナ・ルームは筋骨たくましい二十人もの男どもで犇《ひし》めいていた。一歩踏みこんだとたん、全員の顔がこちらに向いた。

怯《ひる》んではならない。照れ笑いをしてはならない。私は燃えたぎるストーブの前で両手を腰に当て、四十代オヤジの「決め」である栄光のウルトラマン・ポーズをとり、およそ同年輩とおぼしき二十人のオヤジどもを、ぐいと睨《にら》みわたした。

とたんに、サウナ・ルームの中は大爆笑に包まれたのである。突然の反応に狼狽しつつ私は、きっとこいつらは『鉄道員《ぽっぽや》』や『月のしずく』を読まず、「週刊現代」ばかりを読んでいるのであろうと思った。

「なにか……」

と、私は人々に訊ねた。笑いは笑いを喚《よ》び、サウナ・ルームという拘禁状況と相俟《あいま》って、人々は息も継げぬほど身をよじって笑い続けるのであった。

「あの、なにか……」

近在の棟梁《とうりょう》とおぼしき坊主刈のオヤジが、「ひー、くるしいっ」とかうめきながら、慄《ふる》える指先を私の顔に向けた。とっさに、私はすべてを悟った。脱兎《だっと》のごとくサウナ・ルームを駆け出し、鏡の前に立って、私はたまらずに声を上げて笑った。そう――数日分のシラガ染めが、湯気と雨とでドロドロに溶け、私の顔をタドンのごとく真黒に染めていたのである。

ひとしきり笑ってから、フト凍《こご》えついた。

今までは周囲の人々が、わずかの瑕瑾《かきん》も指摘し、叱責してくれた。だがこれからは、顔が真黒になって笑いがこらえきれなくなるまで、誰も、何も言ってはくれないのかもしれない。大いなる福音とともに私に科せられたものは、その孤独だ。

がんばらなくっちゃ。

白兵戦について

幼いころ、教師から二宮金次郎の話を聞かされて以来、「かたときを惜しんで励む」というソラ怖ろしいトラウマを抱えてしまい、しかも不幸にして家産が破れてしまったので、勤労学生としてそれを体現してしまい、さらに自衛隊生活では「一秒が死命を制する」と叩き込まれ、その後の虚《むな》しい投稿人生で酒を覚える暇もなく、希《ねが》ったわけでもないストイックな生活の果てに、曾国藩《そうこくはん》とか伊能忠敬《いのうただたか》とかいう人物を尊敬してしまい、結果的には悲願の小説家となるにはなったのであるが、要するに貧乏性なのである。

快楽は罪、惰眠《だみん》は罪、飽食は罪、セックスだって罪、ボンヤリしていることも罪という一種の強迫観念に捉われて、あくせくと日を送っている。

暦《こよみ》は師走《しわす》。原稿取りの編集者から「先生」とひとことと呼ばれれば、たちまち「師走」という言葉が胸につき刺さる。育ちが悪いので、そもそも「権利」という概念を持たない。言われたことはすべて「義務」だと考えてしまう。

こういう生活を続けていると、家族との絆《きずな》は断たれてしまうのである。

折しも老母は、糖尿病、心臓病、関節炎、胃腸病等の多発性疾患により、朝から晩まで病院めぐりをしている。家人は経営するブティックが歳末バーゲンに突入したので猫の手も借りたいほど忙しい。娘は大学入試直前で、補習やら予備校やらと、息をつく間もない。そこにきて、家長は二宮金次郎なのである。

俗にいう「すれちがい家族」などというなまなかなものではない。私が目覚めたころには、家族はみなすでに家を出ており、彼女らが三々五々帰ってくる時刻には、私は書斎にたてこもっている。

犬猫の食事の時間に合わせて、誰かが廊下に私のエサを置いて行く。

「ごはんです」

「はい、いただきます」

続いて庭で声がする。

「ごはんよ、パンチ」

「ワン、ワン」

ごくたまに、奇跡的な会食も行われるのであるが、それとてみんなクソ忙しいものだから、私はファックスの束を読みながら、家人は帳簿や伝票類を、娘は参考書を、母は「蘇る！」とか「壮快」とかを読みながら、黙々とメシを食う。

夜更けともなれば、それぞれが勝手にソファや床の上に転がって寝ているのであるが、すでにたがいの健康を気づかう意思など誰にもない。みなてめえのことだけで精一杯なのである。

親子の会話らしい会話といえば、真夜中のキッチンで夜食をあさっているときぐらいで、

「どうだ、調子は」

「まあね。パパは」

「まあな」

というような、不毛このうえない一瞬の対話がかわされる。

断絶、というのとはちとちがう。表現は難しいのであるが、正確無比な軍隊用語を用いるならば、「各個戦闘状態」とでもいうのであろう。

孤立した陣地の中で、部隊はすでに組織的抵抗力を失い、兵士たちはそれぞれに迫りくる当面の敵と戦っているのである。相互の通信は不能となり、兵站《へいたん》線は杜絶《とぜつ》している。

そんなある夜——

夜来の雨がしとしとと孤塁《こるい》の草を濡らす、暗い夜更けのことであった。

ふいに、陣地相互の非常通信線であるインターホンが鳴った。一瞬、ついに戦死者が出た

かと思ったがそうではなかった。

「もし。こちらリビング。現在仕事に支障ないか、送れ」

と、家人の声。

「こちら書斎。現在〈小説すばる〉新年号エッセイと激戦中。面会不能。了解か、送れ」

「緊急事態発生。サヤカちゃんが駅頭にて雨と遭遇。救援を要請中。至急お迎えされたし、送れ」

「こちら書斎。タクシーで用は足らんのか、送れ」

「こちらリビング。タクシーは長蛇の列。ぜひとも車にて救援に向かわれたし、送れ」

家人の声はいかにも司令部命令という感じで、強圧的ですらあった。それもそのはず、予備校の授業も決戦状態に入っており、時刻は十時を回っていた。しかも篠《しの》つく雨、帰路の山道にはゲリラ的痴漢も出没するとあっては、戦況は予断を許さぬ。

「了解。これより救援に向かう」

折しも当面の原稿が膠着《こうちゃく》状態にあったので、私はいそいそと雨の駅頭で孤立無援の娘を迎えに行くこととした。

戦闘中の緊急事態なのであるから、なりふりなどかまっている暇はない。とりあえずトレーニング・ウェアの上にチャンチャンコを羽織り、火焔《かえん》太鼓状の頭もそのままに、雪駄《せった》をつっかけて車に乗る。

しばしば自分でもウンザリとするのであるが、こういうきわめて日常的な格好でいると、私は絵に描いたような「そこいらのオヤジ」なのである。みごとなハゲッぷりといい、裾ごろも状の残髪の乱れ具合といい、ころあいの腹の出かたといい、脂じみたメガネといい、まさに「THE・オヤジ」なのであった。しかしわれながら感心なことには、私は家族、とりわけ娘にはこうした正体をあまり晒《さら》すことがない。親しき仲にも礼儀あり、というやつである。

娘は夜更けの駅頭に傘をさして佇《たたず》んでいた。かわゆい。靴下のたるみが苦節を物語る。スカートが短いのは、きっとまた背が伸びたのであろう。ロータリーが混雑していたので、車を少し離れた路上に止め、改札まで迎えに行った。

「おい」

背中からはっきりそう呼びかけた。ところが娘はちらりと私を振り向いたとたん、身を翻《ひるがえ》して走り出したのである。

「おい！　こら、おい！」

オヤジは十七歳の娘に対しては、適切な呼び名を持たぬのである。

私は雨の中を追った。追いながら考えた。娘はなぜ私から身をかわして逃げるのであろう。しかも迎えを頼んでおきながら。

理由としては、以下のことが考えられると思った。

①父親があんまりきたない格好で現れたのではずかしくなった。
②娘の気に障《さわ》ることを、知らず知らずに私が言ったかやったかしていた。
③このところいっこうにコミュニケーションをとろうとしない父親に対し、ヘソを曲げた。

いずれにせよ、お年頃の娘の心理とはそのようなものであろう。

「おい、こら、待て、待てって」

追いすがって制服の腕を摑んだとたん、娘は振り返りざまに、やおら私の向こうズネをイヤというほど蹴り上げた。

痛かった。たぶん骨折したと思ったぐらい痛かった。もしこのまま入院したら、原稿を取りっぱぐれた編集者たちに何と申し開きをしようかと思った。まさか雨の駅頭で娘に蹴られて足を折りましたなどとは言えぬ。

「あ、パパ」

と、娘は路上でケンケンをする私に向かって言った。

「な、なんだいきなり。イッテー！」

「変質者かと思ったの」

「バカも休み休み言え。おまえ、さっきハッキリと目が合ったじゃないか」

「でも変質者だと思ったの」

せめて一日にいっぺんぐらいは、顔を忘れぬように対面をしておこうと私は思った。

　余談ではあるが、のちに彼女が述懐したところによると、実はそのとき、父親に教えられている通りの護身術で、迫りくる変質者の股間《こかん》を蹴り上げようとしたのだそうだ。もしその一撃があわれ狙いたがわずに金玉を破壊していたとすれば、私は死を前にして、「でかした」と娘をほめたであろうか。あるいは各個戦闘の白兵戦の果ての友軍相撃の愚を、深く悔いたであろうか。

攣《れん》について

十二月一日午前八時三十分ごろ、突如として大臀筋《だいでんきん》が攣《つ》った。

筋肉が攣るというのは、医学的にはどういうことか良くは知らぬが、手元の人体図で見るかぎりたいてい下《か》腿三頭筋《たいさんとうきん》、もしくは長腓骨筋《ちょうひこつきん》、大腿二頭筋《だいたいにとうきん》あたりと決まっている。大臀筋とは要するにケツの筋肉のことで、生まれて初めての体験とはいえたいそう痛かった。

どのくらい痛かったかというと、折しも散歩中のことであったのだが、思わず愛犬パンチ号の引縄を「アッ！」と叫んだなり手放してしまい、しかも路上に跪《ひざまず》いて犬の如き姿勢となり、しばらくそのまま「うー、うー」と唸っていたほどであった。

はたして読者の中に、大臀筋が攣ったという稀有《けう》の体験をお持ちの方が何人おられるであろうか。私だってまさかケツの筋肉が攣るなどということが、突然わが身に起こるなどとは予想だにしていなかった。

徹夜原稿を書きおえ、さてそろそろ寝るべいと座椅子を倒したところ、書斎の縁側にパンチ号が顔を出して、「旦那、そっちの商売のご都合で日に一度のあっしの楽しみをとり上げるなんざ、あんましじゃあねえですかい」というようなことを言ったので、シブシブ散歩に出たのである。

つまり、長時間にわたって文机に向かったあとの急激な運動が、大臀筋の叛乱《はんらん》という結果を招いたのであろう。

自慢じゃないが私はいいケツをしている。前を褒《ほ》めてくれた女は一人もいないが、ケツは全員が褒めてくれた。これは俗にいう「兵隊ケツ」というやつで、古今東西、兵隊は特殊な訓練（筋肉の鍛練と、教練つまり気ヲ付ケの姿勢による緊張）のために、いいケツになるのである。しかも大臀筋は他の筋肉に比べて落ちにくいので、自衛隊除隊後すでに四半世紀を経過したというのに、私のケツはいまだプリッと上がっている。

古今東西と書いた手前、いちおう英和辞典で「GI　HIP」という項目を引いてみたが、やっぱりなかった。でも、辞書が俗語を採用していないだけだと私は信ずる。

ともかく、私の大臀筋は四十五歳の常人に比べ、はるかに豊かなのである。その兵隊ケツの左半分が、ビシッと音を立てる感じで攣ったのであるから、ひとたまりもなかった。

登り坂の中途で、何となく足が変だなと思った。左足をややいたわりながらさらに急坂にかかったとたん、ビシッときたのである。

それは、骨盤が折れたのかと思うほどの痛さであった。とっさに犬の引縄を放り出し、クソ袋も取り落として私はガックリと路上に膝をついた。

再び余談であるが、お散歩用の「クソ袋」は昨年ミスタードーナツのオマケでもらったデニム地のカバンである。たいそう気に入って、三色の色ちがい欲しさのために毎日ドーナツを食った。そのうちブルーのものをあろうことか犬のクソ袋にしてしまったのであるが、先日宮部みゆきさんがハンドバッグがわりに同じものを提げていらしたところを見、たいへん申しわけない気持ちになった。

そんなことはさておく。

ものすげえ痛さであった。四ツん這《ば》いになって「うー、うー」と唸りながら、ケツに手を当ててみれば、わが自慢の兵隊ケツは鋼《はがね》のごとく硬直していた。しかも、しかもである。手を当てているうちにその硬直部位は、どんどん盛り上がってくるではないか。当初はソーセージのように引き攣っていた筋肉が、みるみる、いや見てはいないのだけれど、さわるさわる、巨大なボンレス・ハム状に盛り上がり、突出し、ケツ全体がカチカチに固まってしまったのである。

それに従い、「うー、うー」という呻《うめ》き声は「わー！　わー！」という絶叫に変わった。

愛犬パンチ号も初めのうちは疑り深い目で、

「旦那、へたな芝居はよしにしなせえよ。具合が悪いからもう帰《けえ》ろうなんて、古い古い」

というようなことを言っていたのだが、私のあまりの苦しみように、

「だ、旦那！　ちょいと辛抱していなせえよ、てえへんだ、てえへんだァ！」

と、人を呼びに走った。

気息奄奄《きそくえんえん》としつつ、それでも世にも珍しき体育会系作家である私は、とっさにストレッチを試みた。

そう、筋肉が攣った場合の応急処置として、まず当該部位を伸ばさねばならぬ。

しかしご存じの通り、この応急処置はさらなる痛みを伴う。下腿三頭筋、内転筋、広背筋といった部位であれば、一人でも十分に伸縮させることはできるが、大腿四頭筋、二頭筋などの場合は他人の協力を得なければ無理なのである。

いわんや、大臀筋においてをや。

まず膝《ひざ》をついたまま尻を持ち上げた。とたんに強烈な激痛が脳天を貫き、私は天に向かって吠えた。

次に民家の壁づたいに立ち上がって、グイと腰を落とした。「おかーさーん！」と私は泣いた。

痛みは全然静まらぬどころか、わが大臀筋はヘタクソなエクソシストの聖言に怒り狂ったサタンのごとく、さらに剛直した。

私は怯《ひる》まなかった。仰向《あおむ》いたり、横になったり、縦になったり、えーと、こういう動作を文章で的確に表現するのは至難であるので、文芸担当編集者たちからの譴責《けんせき》を覚悟でわかりやすく表現すると、要するに当初は後背位（♀）、次に立位（♂）、さらに後側位（♂）、座位（♂）、背面騎乗位（♀）、ここで痛みは絶頂に達したのでいったん正常位（♀）に戻って一息つき、後背位（♂）から正常位（♂）へ、そしてしまいには右を下にして左足を抱えこんだ変則松葉くずしの体位で、ついに果てた。

そんなことを、朝の路上で五分もやっていたのである。

「大丈夫ですか」と声をかけて下さる奇特な通行人もいるにはいたが、まさか大臀筋が攣ったので手を貸してくれとは言えず、むしろそれどころではない痛みを何とかやわらげようと、私は必死で四十八手をくり返していたのであった。当然通行人は気味悪がって去ってしまった。

パンチ号に肩を借りて、ようやく帰宅したはよいものの、その後も机の前に長く座っていると、しばしば同じことが起こるのである。そのつど哀れ私は、ヒイヒイと泣きながら四十八手をくり返す。

前出の宮部みゆきさんが日本SF大賞を受賞なさったにもかかわらず、授賞式に参会できずに義理を欠いた本当の理由はこれであった。まさか東京會館のレセプション会場で、独り四十八手はできまい。

しかし、まずいことには、明日は版元紀尾井屋の忘年会である。直木賞をいただいた手前もあり、こればかりは欠席というわけにはいかぬ。ホテル・オークラの宴会場で突然絶叫し、独り四十八手を始めたら参会者たちは何と思うであろうか。

そのうえ短篇集『月のしずく』に続き、久々の中国歴史物『珍妃《ちんぴ》の井戸《いど》』が十二月十日に刊行され、全国各所でサイン会が始まる。恐怖である。もし私がサイン会場で、絶叫は何とかこらえるにしろ脂汗をかきながら独り四十八手を黙々と開始したならば、きっと売れる本も売れはしないであろう。

ところで、最新刊『珍妃の井戸』は清朝末期の紫禁城を密室になぞらえた著者初のミステリー小説であるが、その作中に「攣」という文字についての考察がなされていたことを、ふと思い出した。以下、最終章「天子《サン・オブ・ヘブン》」より、光緒《こうちょ》帝の玉音を抜粋。

「戀《こい》」は古くは「攣」の字を用いたという。漢書の「師古注《しこちゅう》」に、「攣、又読んで戀と曰《い》う」とある。すなわち恋とは、心攣《ひ》かれることじゃ。愛し合う心と心が、あたかも悍馬《かんば》を攣く手綱のごとくに張りつめ、靭《つよ》く猛々《たけだけ》しくたがいの愛を求め合うさま――それこそが恋じゃ。

ああ。同じ作家が書いたのかと思うと、心が引き攣る。

メイド・イン・ジャパンについて

年末に至って、私をめぐるオートメーション・ラインはさらに巨大化、精密化し、フト気が付くとナゼか香港のホテルでこの原稿を書いている。

おぼろな記憶によれば、たしかおとついの朝方、新年号のための各社の原稿を書きおえた。ひと眠りしたあと、例によっていずこからともなく迎えの車が来たので、とりあえず身仕度を整えて乗ると、知らぬ間に帝国ホテル内の料理屋でよく知らない新聞社の人たちと昼食を食っていた。たぶん夢ではないと思う。

会食が終わるとロビーに次の一団が待ち受けており、「あとはよろしく」「ごくろうさまでした」というような会話が、私の存在とは関係ない感じでかわされ、インタヴューが始まった。その後、近くにあるプレス・クラブで通信社のインタヴューがあり、ものの一時間後には銀座の中華料理店で、どこかの忘年会に出席していた。

ふしぎなことには、その間にも行くさきざきで四、五通のファックスが手渡され、そのつど会話を中断してゲラ校正をすませ、携帯電話で送り返している。

真夜中に帰宅して爆睡し、朝っぱらからテレビ局に叩き起こされてビデオに寝起きの顔をとられ、入れ替わりに税理士が来たので数日ぶりに覚醒《かくせい》した。

正気に返ったとたん、大仕事を思い出した。最新刊の『珍妃の井戸』を通読しなければならないのだ。上梓された本を一読者の目で、客観的に読むのは私の最後の仕事である。

てめえで言うのも何だが、読み始めたとたんにハマッてしまった。私は子供の時分から、面白い本にハマると身じろぎすらしなくなるという悪い癖がある。飯も食わず、クソもせず、呼びかけにも反応しなくなる。身の上に何が起ころうと、ただひたすら読書に没入してしまうのである。

ふたたびてめえで言うのも何だが、この『珍妃の井戸』の面白さといったら、ただごとではなかった。ために、ＪＲＡの海外競馬取材で香港に行く予定はむろん承知していたのであるが、車の中でもずっとこの本を読み耽《ふけ》っており、空港のチェック・インの際に同行の編集者にたしなめられて、ようやく頁を閉じたのであった。

ゲートをくぐってからも、私の心ははるか今世紀初頭の紫禁城内に飛んでおり、自分が誰で、いま何をしているのかわからなかった。

と、そのとき、編集者が一枚の書類を私の目の前に差し出して、こう言ったのである。

「あの、浅田さん。面倒かもしれませんけど、これ、書いておいて下さいね」

「はい」

と、私は素直に答えて書類を受け取った。

悲しいことに、近ごろの私は担当編集者からの要望を、無条件無抵抗無思慮無計画無分別に受諾してしまう体になってしまっているのであった。ましてや「書け」と言われればたちまち「ワン」と吠えるパブロフの犬であった。

その書類とは、「外国製品をお持ちの方に」と題する、舶来品の国外持出し届である。編集者たちにすっかり馴致《じゅんち》されてしまっている私は、本来けっして義務ではないこの書類を、ゆるがせにできぬ仕事と信じたのであった。

「いつまで?」

「すぐいま。ここで書いて下さい」

「こ、ここで?」

締切を通告された私は、とっさにボールペンを取り出し、セッセと書き始めた。

「言って下されば私が書きますけど」

「冗談はよせ。編集者に口述筆記などとんでもない。心配するな、どんなに忙しくたって、仕事はきちんとやる」

「あの……」

「うるせえっ！　あっち行ってろ」

久方ぶりに回し蹴りをくれて編集者を遠ざけ、私はお得意の「その場仕事」にとりかかった。

書類の但し書きに曰く、

〈出国の時、税関に届け確認を受けておけば、帰国の際、その品物に税金はかかりません〉

――ということは、これを書いておかなければ、帰国の際すべての外国製品に税金がかかるのであろう。知らぬこととはいえ、今まで一度もこの書類を書いていなかった私は、ずっと脱税を続けていたのであろうか。

血液型A型、しかも元自衛官である。顔に似合わず、とてもとても几帳面なのである。いまだに「お小遣帳」をつけているのである。いや、ここだけの秘密だが、毎日「反省帳」「お怨み帳」「ご恩帳」等の私的記録を、原稿執筆の合い間にきちんとつけているのである。

外国製品――そう。このたびの香港旅行に際して、私が国外に携行する外国製品のすべてをこの書類に記入せねばならぬ。けっして簡単な原稿ではない。なぜならば私は本年四度に及ぶ海外旅行で、すっかりブランドオヤジと化しているのであった。

書類には、品名、数量、銘柄、特徴、番号カラット等を書けと、厳密な指定がされていた。

書き渋らしてはならぬ。読者は常に完全を期待しているのだ、と私は思った。

〈帽子。数量1。銘柄ボルサリーノ。一九九七年十月五日、パリで購入。購入金額1350フラン。濃紺のソフトタイプ、兎毛、サイズ61センチ。ややきつめ〉

〈スーツ。数量1。銘柄ソニア・リキエル・オム。一九九七年十月十二日、パリで購入。黒色ウール地ストレッチ素材。ズボンはノータックのシングル。ウエストサイズ76センチ〉

〈ネクタイ。ジョルジオ・アルマーニ。貰い物なので価格不明。黒地に茶と白の細い斜め縞〉

〈ブリーフパンツ。数量3。銘柄カルバン・クライン。一九九七年五月ごろ、都内のディスカウント・ショップにて購入。価格1500円ぐらい。内訳、黒1、グレー1、白1、白色のものは前部にシミ有り〉

〈養毛剤。章光101Bタイプ。100mℓプラスチック容器入。一九九六年十二月、北京空港免税店にて購入。価格不明〉

〈ボールペン。銘柄不明。一九九七年六月、ローマのホテルから無断で持ち帰ったもの。軸色緑。インク黒〉……。

身につけているものと機内持込の手荷物の中のものだけで、用紙は数枚を要した。

「あの、浅田さん……」

「うるさい！」

「なにもそこまで。パンツとか靴下とかハンカチとかは」

「ああ……どうしよう。スーツケースの中のものはどうすればいいんだ。思い出せない」

「あの……つまらないこと言っちゃって、すみません。そのくらいにしておきましょう」

「なんだと！　つまらないとか、そのくらいにしておけとか、それが編集者の言う言葉か！」

私は思わず編集者の首を絞めた。


話は多少オーバーではある。毎度のことながら、小説家の妄想癖による事実の脚色はお許し願いたい。ただし、嘘ではない。帽子、スーツ、ネクタイ、時計、と書いたあたりで、マジメに記入すればとめどがなくなると気付いたのであった。

どうか本稿をお読みになっている方は、現在お持ちのもの、身につけているものについて、しばしお考えになっていただきたい。もしこの場で外国製品の申告をせよと命ぜられたら、誰しもその多さにとまどうはずである。

私が子供のころ、外国製品は「舶来品」と呼ばれた貴重な品であった。高価であることは今も昔も変わりないが、列挙すればとめどがなくなるほど、私たちは外国製品を持つようになったのである。

考えれば考えるほど、この事実に合理的な説明はつけにくい。なぜなら、今や誰でも持っている外国製品にステータスなどあろうはずはなく、機能もデザインも、メイド・イン・ジャパンよりすぐれている品物は少ないのである。

ううむ。不景気を嘆きながら、日本人は何と愚かしいことをしているのであろう。

気分がクサクサするので、明日はペニンシュラ・アーケードに行き、しこたま買物でもするか。

大人《おとな》について

四十六歳になってしもうた。

私は百歳まで生きることに決めているので、まだ半分にも満たぬと思えば気は楽なのであるが、それにしても命がいくつあったって足らんような人生を、よくぞ四十六年間も過ごしてきたものだとしみじみ思う。

詳しいコメントはさし控えるが、常人ならば確実に三回死んでいるのである。なにせサイン会場にかけつけたかつての義兄弟は、「おまえ、小説家になったのかよ」とは言わず、「おまえ、生きてたのかよ！」と叫んだのであった。

ひでえ言い方をするものだと思ったが、よく考えてみれば、たしかに「小説家のオレ」より「四十六歳のオレ」のほうが信じられない気がする。

四十六歳の誕生日は香港で迎えた。文芸担当編集者たちには『蒼穹《そうきゅう》の昴《すばる》』『珍妃の井戸』

に続く中国歴史巨篇の取材、と言ってあるけれど、実はマッカな嘘で、シャティン競馬場で開催される国際レースを取材に行ったのである。というのも実はマッカな嘘で、JRAのアゴアシ付きで鉄火馬券を買いに行ったのであった。

第四レースで四百三十五倍という三連複馬券を山のように取り、大金持ちになった。しかし最終レースで「ビクトリア・ピークのてっぺんにプール付きの豪邸を買う」という壮大な夢を見、アタマ差で無一文になってしまった。

私の四十六歳は、まこと私らしく、このように始まったのである。

競馬にはオマケが付いた。翌る日からの二日間、負けついでにカードをパンクさせる勢いで大買物をしまくり、「どうだ。買物に勝ち負けはあるめえ」とうそぶいたのであるが、成田に着いてみれば出立時1HK$＝19円であったものが、何と1HK$＝16円になっており、結局は買物でも大負けしちまったのであった。

きっとすばらしい一年になるだろうと思う。

ところで、年の初めぐらいはまじめなことを書こう。

帰路の飛行機の中で考えたのである。私が若い時分、四十六歳という年齢は良くも悪《あ》しくも、もっと老いていた。若い者の目からそう見えたのではなく、たしかにそうだったのだと思う。平均寿命が延び、定年の延長によって社会的寿命も大幅に延びた分、みんなが若返ったのである。

この現象は読者の誰しもが等しく感ずるところであろう。少なくとも私たちがかつて抱いていた印象の八割ぐらいに、人間はみな若返っていると思う。三十歳はかつての二十四歳、四十歳は三十二歳、五十歳は四十歳、六十歳は四十八歳というふうに考えて、ほぼまちがいないのではあるまいか。

だとすると、四十六歳は三十六、七歳ということになり、旧年中のわが行状も「若気《わかげ》の至り」という説明がつく。

おそらく、これほど顕著《けんちょ》に人生が間延びした時代はかつてなかったであろうから、われわれは幸運であったというほかはない。文明の進歩により、われわれは労せずして二割がた回春したのである。

ただし、この現象を手放しで喜ぶわけにも行くまい。二割がた若返ったということは、裏返せば二割がたバカになったという意味でもある。

たとえば、三十代の男が背広姿にリュックサックをしょってマンガを読みふけっている、などという近ごろの風俗も、彼は昔でいう二十代なかばの知能しかないのだとすれば、さほど不自然ではない。むろん、四十六歳の男が香港まで馬券を買いに行ったあげく、レートの予測もせずに買物をし大損をこくなどという話も、彼が実は三十代なかばの見識しか持たぬのだと思えば、「若気の至り」なのである。

これらは極めて個人的な趣味にかかわることであるから、まあいいだろう。問題は、彼らが社会人として企業なり家庭なり組織なりに加わった場合、いったいどのようなことが起こるのか。またその周辺の人々が彼らの行状をどう捉えるか、である。

ここにひとつの好例がある。

山一証券が破綻《はたん》したとき、そのトップが号泣しつつ記者団に語った言葉を覚えておられるであろうか。そう、彼は「社員は悪くない、社員のせいではない」というようなことを、くり返し訴えていた。

あの言葉は大人《おとな》の経営者が口にするべきものではあるまい。内輪のいきさつはどうか知らぬが、多大の迷惑を蒙《こうむ》った顧客をさし置いて、「社員は悪くない」はなかろう。

また、路上でマイクを向けられた社員たちも、「ローンが残っている」とか「持っている自社株が紙切れになった」とか「女房と今後のことについて話し合った」とか、個人的な苦悩ばかりを訴えていた。おのれの会社がいったい世間様にどれだけの迷惑をかけたのかわかっていれば、自分の悩みなど口がさけても言えぬはずである。

はっきり申し上げれば、彼らはそれぞれに山一証券という企業で飯を食っていたのである。自分たちの会社が何をしたか、すなわち自分が社会に対して何をしたかということが、まるで頭の中にない。年齢どおりの大人であるのなら、まず自分の痛みより先に顧客の痛みを、社会の痛みを斟酌《しんしゃく》するべきである。

要するに、社会認識のまるでない子供が集まって金をおもちゃにしたあげく、知れきった破綻《はたん》を招いたのであろう。

だから私は、マスコミがこぞって書き立てるほど、七千人の社員たちが気の毒だとは思わない。気の毒なのはなけなしの金を彼らに托《たく》してしまった庶民であり、もっと気の毒なのは全然関係がないのに、汗水流して納めた税金を、彼らのために使われてしまう国民である。

私事で恐縮ではあるが、昨年は著作が売れて金が入った。三度も死に損なった今までの人生を思えば、涙が出るほどありがたい。だから四の五の言わずに税金はきちんと払う。私を認めて下さった社会に、手を合わせてお返しする。だが、その金がバブル景気のバカッ騒ぎの結果、知れきった往生を遂げる連中のために使われるのでは、たまったものではない。彼らが有頂天になっていたあのころ、今日という日を夢に見ながら売れもせぬ原稿をセッセと書いていた私の身にもなってくれ。

いいや、私ばかりではない。国民の多くは地価が何倍にはね上がろうが、株価がどう急騰《きゅうとう》しようが、生活とは何の関係もなかったのである。ごく一部の、当時さんざいい思いをした連中が、放埒《ほうらつ》の果てに会社を潰《つぶ》して、「社員は悪くない」はないだろう。あんな涙は、私も、多くの国民も、毎日流しながら生きてきた。大人の人生というものはそういうものだ。

「ゆうべは女房とローンの返済について相談しました」はないだろう。私も、多くの国民も、そんな話し合いはゆうべどころか毎晩し続けてきた。ふつうの生活というものはそういうものだ。

男子たるもの、失敗や破綻がどんな不可抗力であるにせよ、理不尽な原因があるにせよ、結果はおのれの責任として負わねばならない。他人にわびるより先に身内をかばうなど言語道断、ましてや上司のせいにし、おのれの痛みを公言するなど、稚気《ちき》も甚《はなは》だしい。潰れるべくして潰れたのだろうと私は言いたい。

一九九八年は多くの企業にとって苦難の年になるであろう。ひとりひとりが大人になって、考えを改めなければ国が滅んでしまう。

激戦中の戦士の皆様に、怒りにまかせた愚痴ばかりでは申しわけない。

盛世創業垂統《せいせいそうぎょうすいとう》の英雄は襟懐豁達《きんかいかったつ》を以て第一義とし、末世扶危救難《まっせぶききゅうなん》の英雄は、心力労苦《しんりょくろうく》を以て第一義とす。

病み弱まった清国にあって、ほとんど個人の力で太平天国を平定した将軍、曾国藩《そうこくはん》の言葉である。小心翼々として戦《いくさ》の経験もなく、軍人でもなかったこの一官吏は、超人的な「心力労苦」の末に国を救った。

ポジティブで豪胆な襟懐豁達たる英雄の時代は終わったのである。今や心力労苦を以て第一義とする、ストイックで誠実な英雄の登場を、国家は、企業は待望している。

英雄曾国藩は、その時代、まこと数少ない「大人《おとな》」の一人であった。

進化と退行について

私を書斎に置き去りにしたまま、平成十年は勝手に明けた。「あけましておめでとうございます」という編集者たちからの電話に「バカヤロー!」と答えることしばしば、どうやら世間ではこの数日を「お正月」と呼んでいるらしい。

作家の味方だと信じていた彼らも、実は世間様の一員であったのだと知れば、ひしひしと孤立感は深まる。ぜひとも彼らがみんな持っている「文藝手帳」には、業者固有の「文藝暦」を採用していただきたいと思う。太陽暦でいうところの「大晦日」は一月九日とし、「元日」を十日と定めれば、作家はみなめでたい正月を迎えることができる。

ものすごい名案だと思ったので、とりあえず「文藝手帳」の版元である文藝春秋社にそのむねファックスをしたところ、返事のかわりに送られてきたものは、あろうことか五十枚分のゲラであった。

私事はさておく。

昨日がいったい何日なのかは知らぬが、朝っぱらから犬は喜び庭かけ回っており、猫はコタツで丸くなっていた。妙に静かな夜更けである。この静けさは尋常ではない。よもや死んだフリをしていたロシアが、意表をついてミサイルをブッ放したのではあるまいな。あるいは死なばもろともとばかりに、金正日《キムジョンイル》がついにボタンを押しちまったのではなかろうか。

しかし、おそるおそる雨戸を開けた私の目に映ったものは、決して地球最後の日ではなく、ふるさとの山野を純白に埋めつくした一面の雪景色であった。

私は思わず感極まって、

「おっかあ、雪だ。雪が降ってきた。よかったなあ」

と、『楢山節考《ならやまぶしこう》』のセリフみたいな声を上げた。たしかに、おふくろを山に捨てるにはころあいの大雪であった。

返事がないので、まさか自主的に山に行っちまったんじゃあるめえなと不安になり、家探しをしたが、どこにもおふくろの姿はなかった。おふくろはおせちの食いすぎで血糖値が上がり、おとついから入院していたのであった。

再び、私事はさておく。

雪が好きだ。早くから読書の習慣とともにスキーを覚えた私にとって、雪はことさらロマンチックなのである。雪が降り始めると、私の心はたちまち物語に胸をときめかせた少年時代に帰る。瘡《かさ》のように体を被っている愛憎も嫉妬も打算も利欲も、きれいさっぱり拭われて、まっしろな少年に戻ってしまう。

初めてのスキーは、上野駅から上越線の「準急」に乗って、石打《いしうち》に行った。今では新幹線でわずか一時間ほどのそこも、当時は深夜十一時すぎの夜行列車で旅立つ、はるかな場所であった。むろん日帰りなどはできない。週末を利用してスキーを楽しむには、夜行列車で真夜中の三時か四時ごろ現地に到着し、民宿で仮眠をとって夕方に帰京する方法がふつうであった。「夜行日帰り」という言葉も、今や死語であろう。

それにしても、夜行列車は立錐《りっすい》の余地もないほど混雑していた。トイレもデッキもぎっしりと若者たちで埋まっており、へたをすると網棚の上に寝ている豪傑もいた。

読者の中にも、機関車の油煙《ゆえん》や木の床のワックスの匂いとともに、そのころのスキー行の情景を懐しく思い起こす方は多いと思う。

貧しい若者たちを満載した列車が上越の国境にさしかかる。水上《みなかみ》や湯檜曽《ゆびそ》の温泉場は雪の中である。信号所に汽車が止まって、カンテラを提げた駅員が長靴を軋ませながら窓の外を歩く、などという小説そのものの光景も、たしかにこの目で見た。

谷川岳の登山口にあたる土合《どあい》の駅では、リュックサックにアイゼンやザイルを結びつけた山男たちが降りた。同年代のミーハーなスキー客をピッケルで押しのけ、列車から降りる彼らの表情は、誇らしげであった。

やがて清水トンネルを抜けると、決まって車中に歓声が上がった。国境を越えた越後の雪は、上州の山間《やまあい》のそれとは比べようもないほど厚かった。

スキー用具の進化も、交通の発達と同様にめざましく、当時とは隔世の感がある。私がスキーを始めた昭和三十年代後半には、スキー板はみな木製で、ぶ厚く重たかった。ヒッコリーという多少は軽くて丈夫な輸入木材が高級品とされ、グラスファイバー素材はほとんど試用的ともいえるほどの高嶺の花であった。初めてヤマハのグラススキーをはいたときには、あまりの軽さに愕《おどろ》いたものである。

セーフティ・ビンディングはようやく普及し始めたころで、貸スキーなどはまだ転倒してもはずれない固定式の締具を使っていた。

何よりも最も変わったのはスキー靴であろう。バックル式が登場したのは四十年代なかばのことで、それ以前はすべて編上げの牛革靴であった。ともすると東京からスキー靴をはいて出かける人もいた。何しろ革製であるから、長くはいていれば縫い目から水がしみこみ、つま先の感覚がなくなってしまった。

ヒッコリーの板に竹製のストック、革の編上げ靴をカンダハーの固定締具でくくりつけ、ナイロン・ヤッケを頭から被ってスキーをした世代は、おそらく私が最後ではなかろうか。

スキーという遊びはそれからわずか十年足らずのうちに、劇的とも象徴的ともいえる進化をとげた。

しかし私のように前世代のスキーを知っている人間が、そののちゲレンデで取り残されるのかというと、ふしぎとそうはならない。オールド・スキーヤーもたちまち時代に順応して行くのである。しかもスキーの技術とは体で覚えるものであるから、多少の体力の衰えはみてもたいしてヘタにはならない。

かくて私は四十なかばの今も、四輪駆動車を駆って高速道路をつっ走り、若者たちと同じ身なりでゲレンデを滑りおりることができる。さまざまの道具や交通手段やスキー場の設備が発達して、年齢をカバーしてくれるのだから、これほど都合のよいスポーツは他にはあるまい。

夜が明けた。多摩山中の私の家の周辺では、二十センチも積もったであろうか。近年にない大雪である。

ここまで原稿を書いて、内容に重大な問題がひそんでいることに気付いた。

若者たちは木製の板も革の編上げ靴も知らないが、私たちもそんなものはとっくに忘れているのである。社会は年齢や経験にかかわらず、等しく同時代を生きる人間に機能する。したがって人間は年齢や経験にかかわらず、等しく文明の進歩につれて横着になり、怠惰《たいだ》になり、無能になって行くのではあるまいか。まさに同時代人として等しく、である。

さきに私は、「スキーの技術とは体で覚えるものであるから、多少の体力の衰えはみてもヘタにはならない」と書いた。はたしてそうであろうか。「さまざまの道具や交通手段やスキー場の設備が発達して、年齢をカバーしてくれる」という考えは、はたして正当であろうか。

昭和四十年代の高度成長とともに劇的な進化をとげたスキーは、文明と人間とのかかわりあい、すなわち利器の出現による人間の本質的堕落《だらく》を、まことわかりやすく証明しているのではなかろうか、という気がする。

それとも、外的進化と同時に内的退行をするのは、知的生物の宿命というべきなのだろうか。かくて人間は、私がかつて本稿で書いた通りに、実年齢の八割、七割、六割と、精神年齢を次第に下げて行く。

同時代を生きるかぎり、われわれは「今どきの若い者」という愚かしい説教は捨てねばならないのであろう。ともに同じ文明を享受し、同じゲレンデを滑るスキーヤーとして。

スキーには行きたしと思えども、どういうわけか私の上にだけ正月はやってこない。

待てよ。フムフム。

「文藝手帳」の予定表によれば、この原稿を最後に私の平成九年は終わる。

ということは、残すところあと一行。

ハイみなさま、あけましておめでとうございます。本年もよろしく！

バトンタッチについて

雪晴れのきょう一月十六日は、第百十八回芥川賞・直木賞の選考会である。

それにしても長い半年間であった。ようやく次の方に「新直木賞作家」のバトンを手渡せるのかと思えば、残る数時間がもどかしくてならない。

昨年の七月十七日に受賞が決定した折、私はご尽力下さった周囲の人々にこんなことを言い続けた。

「直木賞　売ることこそが　ありがとう」

根がわかりやすい性格なのである。

三十何年間も原稿用紙の枡目《ますめ》を埋め続けて、いつの日か祝福される日を夢に見てきた。それがついに実現されたのであるから、人生これにまさる喜びはなかった。

嬉しいのだから有難いのである。「ありがとう」は口で言うのはタダだけれど、それでは感謝をしたことにはなるまい。ではどうすればよいのかといえば、認めていただいたわが著作を一人でも多くの読者に読んでもらう、すなわち「売ること」だと私は思った。

四十六年も生きて、敗北や挫折をくり返しておれば、おのれの力量などは知りつくしている。他に抜きん出た才能があれば、とうの昔にデビューしていたはずなのだから、この結果が何とかして私を世に出そうと心を摧《くだ》いてくれた大勢の人々の力によるものであることは自明であった。

親兄弟や読者の方々や編集者や出版社の皆さんや、恩師や選者の先生方や見知らぬ書店員の方の担ぐ御輿《みこし》に乗って、ようやく世に出ることができたのである。ならば御輿の上で大手を振り、あらん限りの声を張り上げて叫ぶことこそが、私の使命であると信じた。

その間、インタヴューやサイン会や講演や、その他もろもろのオーダーに応え続けるスケジュールはまさに殺人的であったが、内心「死ぬなら今だ」とさえ思っていた。少なくとも、「死んでもよい」というぐらいの覚悟と気概がなければ、この半年間を乗り切ることはできなかったろうと思う。

だからこそ、バトンタッチまでの残る数時間がもどかしくてならない。命がけの時間が、ようやく終わろうとしているのである。

かねてより、小説家は聖職であると考えている。

小説の始源は聖書であり仏典であり、数々の神話であり、読み書きを知らぬ多くの人々に人間として生きる道や秩序や道徳を、たとえ話の形で教示しようとしたものであると、私は信じている。むろん、その使命は今日も喪《うしな》われてはいないと思う。だから今日も、良い小説は読者に思惟《しい》をもたらし、勇気や希望を与え、生きる糧《かて》となる。神はそのために、物語という嘘をつく特権を、小説家にのみ与えたのではあるまいか。

人間は万物の霊長などではなく、実は鳥獣草木とわずかな一歩を隔てた、愚かな人間獣に過ぎない。そしてその「一歩」をかろうじて保障するものは、進化の過程でたまさか手に入れた「火」と「言葉」であろう。

「火」は物質的文明として進歩し、一方の「言葉」はそれを担保する人間社会と個々の精神とを支え続けてきた。

この両輪のバランスを喪えば、人類はたちどころに一歩を後退し、いつか破滅する。めざましい回転を続ける物質的文明の動輪を制御する力は、「言葉」でしかありえない。そしてその「言葉」の聖火は、遥かな昔から小説家という聖職者の手によって享《う》けつがれてきたのだと私は思っている。

詭弁《きべん》かもしれない。だが少なくとも、このくらいの理想を掲げていなければ、登場人物の生殺与奪《せいさつよだつ》をほしいままにする小説家の仕事は、ただの一篇も成り立たない。あるいは小説家の人生そのものが自ら作り出した物語の世界に引きずりこまれて、正体を喪う。

詭弁であろうが真実であろうが、小説家がこの理想を心に抱いているかぎり、すなわち聖職者たりうるであろう。

あらゆる文学賞は一種の権威である。

いわんや最も高名な文学賞である直木賞には、実質的に権威が伴う。

この「権威」という言葉は、ともするといやな意味にとらえられがちだが、私はそうは思わない。「権」の第一義は「おもり」である。「威」の第一義は、「おごそかなるもの」であろう。だが別意として「権」には「いきおい」、「威」には「おどす」という意味もたしかにある。

機械と同様に、言葉は人間が操るものである。「権威」を「おごそかなおもり」とするか、あるいは「いきおいに乗じたおどし」とするかは、権威者たるものの品性にかかっている。

小説家が聖職であるかぎり、この場合の後者はありえない。したがって、あらゆる文学賞は社会における「おごそかなおもり」、文化の「重心」に他なるまい。

個人的な感謝の気持ちとは別に、この「おごそかなおもり」を授けられた私は、命をかけねばならないと思った。

まさに、「直木賞　売ることこそが　ありがとう」だったのである。

重心としての使命を果たすためには、お祭り騒ぎと言われようが、はしゃぎすぎると眉をひそめられようが、いっこうに構わない。「火」に引きずられて行きつつある「言葉」の力を、何としてでも恢復《かいふく》させねばならない。よりよい小説を書き、より多くの読者に勧め、文学賞の権威をより高めることこそ、聖職を与えられた者のつとめであると私は思った。

ごくたまに、文学賞を辞退なさる方や候補を拒否される方がいるようであるが、かような考え方の私からすると、合点《がてん》がいかない。

それぞれの主義主張はあり、まさかポーズではなかろうとは思うが、結果的に「おもりを持つのはいやだ」というのは、いささかわがままではあるまいか。

作家にとって、小説は地球より重い。小説を書く苦しみを知っていれば、その重みは十分に承知しているはずである。直木賞作家はギリシア神話のシシュフォスの役を、甘んじて引き受けるのである。

あなたにはその膂力《りょりょく》があるのだ、と周囲に勧められながら、それを拒否する正当な理由がもしあるのだとしたら、ただひとつ「私はそんな力はない」ということだけであろう。むろん、この理由はおのれの作品を自ら貶《おとし》めていることにもなるのだが。

環境に対する不満を言えばきりがない。個人的な不満も社会的な矛盾も、避けて通れば何ひとつ解決はしない。すべての環境をみな引き受けて自らが重心となり、不満や矛盾を未来に申し送らぬことこそが、選ばれた人間の道であろう。王道というものはそうしたものであり、この道を選ぶ者のみが小説家を聖職であると信ずることができると、私は思う。

バトンタッチまでいよいよあと数時間。

だが、その後に楽をしようなどとは、ゆめゆめ思ってはいない。ともあれ半年間、死なずにすんだというのが実感である。

栄光のお祭り騒ぎは次の方に譲って、漸次《ぜんじ》「営業」を減らし、本来の仕事にいそしもうと思う。

私の受賞作『鉄道員《ぽっぽや》』は現在七十五万部も売れて、未だ勢いは衰えない。有難いことである。この愛《いと》しい短篇集は、私に大きな富と名誉とをもたらしてくれたが、それが決して労苦の代価であるとは思わない。ただ、信じがたいほどの輝きと重量とを持ったおごそかなおもいを、この一冊の本は私の心に吊るしてくれた。いつか力尽きて筆を擱《お》くまで、この権威は私の非才を支え続けてくれると思う。

千貫のおもりの象徴である銀時計は、私の懐中で、許される時のすべてを精密に正確に刻み続けることであろう。物語という神から許された嘘を、私は生涯つき続ける。

ところで——

今ふと考えたのであるが、よもや「受賞作ナシ」はないだろうな……。

（編集部注：第百十八回芥川賞・直木賞は該当作なしと決定しました）

ふたたび選良について

「選良」とは、多くの人々の中から選び抜かれた、すぐれた人物のことである。今日《こんにち》わかりやすい外来語に言いかえれば、「エリート」ということになろう。彼らの中には生まれついて選良たる宿命を背負っている者もおり、学校や職場での努力の結果、そう呼ばれるようになった者もいる。

ただし、選良が偉いわけではない。彼らが偉人となるかどうかは、彼らの持つ権威と実力とを正当に発揮し、偉業と呼ばれるだけの業績を残すかどうかにかかっている。そして社会に貢献する偉業というものは、長い時間をかけて達成されるのだから、ほとんどの場合は「遺業」となり、業をなした偉人が存命中、もしくは在職中に「偉人」と呼ばれることはない。

偉い人物が周囲から尊敬され、その敬意の証しとしての供応《きょうおう》を受けるのはしごく当然である。しかし、ただの選良が偉人と同じ扱いを受けるのは理に適《かな》わない。こんな簡単なこと、つまり供応を受ける理由がわからない選良に、むろん偉業などなしとげられるはずはない。自分が他人様からタダメシを食わしてもらっている理由がわからない人間は、バカである。学校でも職場でも選良と呼ばれてきたのかもしれないが、やっぱりバカである。

野村証券の社長という人は記者会見の席上、元役員らが贈賄の疑いで逮捕されたことについて、「本人たちに賄賂性の認識がなかった。接待をすることと、主幹事をとることの因果関係は薄いと思う」と述べた。

こちらもバカである。賄賂性の認識がまったくない接待とは、タダメシを食わせているということで、つまり「理由なき供応」であろう。理由もなく他人様にタダメシを食わせるのはバカのすることである。つまり社長は公然と、「われわれは悪いことはしていないけれどバカなことをしています」と言ったのである。やっぱりバカである。


かくいう私も、しばしば出版社の人たちから供応を受ける。しかし、出版社も私も彼らほどバカではない。少なくとも供応の理由ははっきりと認識している。

出版社側は作家にいい小説を書かせ、いい本を作り、それをたくさん売って利益を上げようと考えている。この姿勢は正しい。また中には、社の利益などは二の次で、いい小説を立派な本にして世に問い、文化に貢献しようと考える熱心な編集者もいる。この姿勢はものすごく正しい。そして多くの場合、この両者の姿勢は結果的に同義となる。

一方の作家の側も、まさか漫然と供応を受けているわけではない。自分が構想中の小説は、どこの出版社から出すのがよいか、どの編集者が適任か、つまりどうすれば自分の作品を最善の形で世に送り出すことができるかと、真剣に考えている。まさか供応の質や多寡《たか》、あるいはたかだか恩義理や私情で、自分の作品の売り先を決めることなど、夢にもあろうはずはない。

要は自宅なり出版社の会議室なりで、相互の意見を交換する会議を開いてもいっこうに構わないのである。

私は酒を一滴も飲まず、ゴルフもせず、女色にもさして興味はないので、実は内心この方法がよいとつねづね思っている。しかし、一冊の書物を世に出すためには、出版社の意思や理解度をできるだけ確認する必要があり、編集者の力量や専門知識も把握しておく必要があるので、許される限りの時間をとってそれらを見極めねばならない。その間、腹がへるから飯を食い、咽《のど》が渇くからウーロン茶を飲む。少なくとも私にとっての供応とはそういうものであり、また出版社側もそのつもりで酒食を供しているのだと思う。だから供応とはいえ、先方に失礼にならぬ範囲で、ときどきは勘定もこちらで持つ。

私たちは共同の責任で良いことをしようとしているからである。

はっきり言って、出版社の人々は世々に抜きん出た選良とは称しがたい。自他ともに認める選良は大蔵省に入省したのである。あるいは大手証券会社や銀行に就職した。

ましてや小説家は、選良どころか文学三昧《ざんまい》の末の落ちこぼれ組がほとんどで、私などは大学にも行かず、自衛隊に入って除隊後も人生の裏街道を歩き、ワラにもすがる思いでようやく作家になることができた。選良たちから見れば不倶戴天《ふぐたいてん》のろくでなしであろうかと思う。

そうした私たちでも、何事かをなさんとする人間が食卓を挟むことの重大さはよく知っている。法律に触れるとか触れないとか、そんな低次元の話ではない。大の男が、協力して社会のため文化のために事物を創造しようとしているのである。少なくともその食卓に個の利益など、かけらすらあってはならない。

選良とは、わずかにわれわれと一歩を隔てた者の異名にすぎない。

彼らのある者には天与の境遇があり、またある者には天与の能力が備わっていた。むろん、かつてはその境遇や能力に恥じぬ努力をしたればこそ、彼らは選良となり得たのである。

ではなぜ、公平無私であるはずの天が、彼らにだけ一歩の優位を与えたのであろう。

この答えは簡単である。天は彼らに、使命を与えたのである。彼らはあまたの人々の中から選ばれ、人々の幸福のために尽くすよう、天から命ぜられているのである。選良と呼ばれる者は、その栄光と等量の責任を常に負っている。

今日批判されているところの官僚主導政治のありかたというものを、私はあながち悪いものだとは思わない。要は官僚たちと、それを取り巻く選良たちの質の問題であろうかと思う。彼らがみな、おのれは選良たる栄光と等量の責任を負っているという自覚を持ってさえいれば、贈収賄にかかわる法律などは不要なのである。

供応を受ける者、供する者の間に「賄賂性の認識」があったかなかったか、そんな話は法律というメカニズムばかりに翻弄《ほんろう》される、愚かしい論議にすぎない。

誤解を怖れるのなら、はなから飯など食わねばよい。酒など飲む必要はない。おのれの仕事に自信があるのならば昼日なかに役所を訪ね、思うところを正々堂々と述べればよいのである。もしこういう方法が結果をもたらさないのであれば、この国の選良は簡単な問題すら解けぬバカばかりということになる。

ドロップ・アウトをさんざくり返し、四十を過ぎてようやく作家になることのできた私は、世の選良が実は私とわずかな一歩を隔てた者であることはよく知っている。そしてもちろん、ドロップ・アウトしたままの犯罪者たちも、私とわずかな一歩を隔てた者である。

ところが彼ら選良たちは、国民のすべてが実はおのれとわずかな一歩を隔てた者であるということを知らない。ひたすらおのれを選良と信じ、酒食を供し供されて政《まつりごと》を曲げることさえ、おのれの権利のうちであると考えている。

この愚かしさかげんは、ただおのれの存在に対する無知としか言いようがない。官僚とは何か、あるいは一国の政治経済を左右する大企業の社員とは何かということを、彼らは何も知らない。自分の存在理由すら知らず、ただ幼児のように供応を貪《むさぼ》り、その快楽にまつわる代償を全うしようとする。

「お小遣いをあげるから、おつかいに行ってらっしゃい」

「はい」

つまり、これとどこもちがわない。

選良とは、多くの人々の中から選び抜かれた、すぐれた人物のことである。しかしまた、多くの人々とわずかな一歩を隔てた者のことである。

必要な認識は、これだけで十分だと思うのだが。

取材旅行について

矢弾のごとく締切の殺到する月末、二泊三日の行程で取材旅行に出た。数ヵ月後に連載が開始される「著者初の歴史時代小説」の取材である。

みなさまご存じの通り、顔も体も思想も行動も節操に欠ける私は、当然のごとく書くものにも節度がない。興味のおもむくままに何でも食い散らかしてしまうので、いきおい発表される作品のオビにはたいてい、「著者初の」というキャッチ・コピーが付されることになる。

昨年は「著者初の短篇集」「著者初の恋愛小説」「著者初のミステリー」等を上梓し、今年は「著者初の中世ヨーロッパ世界」「著者初の歴史時代小説」「著者初の近未来ＳＦ」等を発表する予定なのである。ために「お祭り次郎」の綽名《あだな》が、近ごろでは「越境作家」に変わり、お友達がいなくなった。

しかし、無節操もこういうたぐいのものになると、口で言うほど簡単ではない。なにしろ舞台が暗転した一瞬に装置も音声も照明も変わり、衣裳も着替えて、まったくちがった脚本の一人芝居を始めるのである。

というわけで、私は旅立つ朝に目覚めたとたん、突如として幕末動乱期の南部藩士に豹変《ひょうへん》したのであった。

「きょうはどちらへ」

と、おそるおそる私の顔色を窺《うかが》いながら家人は訊ねた。

「急な所用にて、国表《くにおもて》へ参る。仕度をいたせ」

「ハ？　……パンチ君のおさんぽは」

「何をたわけたことを申すか。ご家老楢山《ならやま》佐渡様より、ただちに帰参せよとの火急の使者が参ったのじゃ」

「……して、おともは」

「版元紀尾井屋の大番頭文右エ門、および番頭好吉が同行いたす」

「それはまた、何とも急な。駿河屋さん、音羽屋さん、朝日瓦版等々の締切が迫っておりますが」

「よきにはからえ」

道中仕度おさおさ怠りなく、ヒゲとサカヤキを整えて家を出た。

江戸表《おもて》より盛岡までは百四十里、およそ十三日間の旅程である。

と思いきや、実は東北新幹線でひとっ飛び、わずか二時間三十分なのであった。

作家の取材旅行は「考える旅」である。

片方の脳で知識を吸収しながら、もう片方ではたえず物語のイメージを膨らまし続ける。この脳内作業は、たとえば食物の摂取と消化吸収と分解と栄養の蓄積とを、間断なく続けているようなもので、脳ミソも内臓の一種なのだとつくづく思い知らされる。

早い話が不健康な旅なのである。人間の脳ミソというものは思考レベルを高めてしまうと、あんがい制御がきかないので、小説の構想とはもっぱら関係のないことまであれやこれやと考えこんでしまう。

東京駅を出発してすぐ、私はものすごく変なことを考えてしまった。変なことと言ったって何もいやらしいことではない。

「好吉。つかぬことを訊ねるが――」

「へい、何でございましょう。手前どもにわかることでしたら、何なりと」

「ふむ。今しがたふと考えたのじゃが、どうとも合点《がてん》がいかぬ。心して聞いてくれい。この新幹線『やまびこ』は、秋田新幹線『こまち』と連結しておる。聞くところによれば『こまち』は盛岡駅から在来線の軌道に乗り入れ、秋田城下に至るというではないか」

「へい、おっしゃる通りで。『こまち』は盛岡から田沢湖線に入りますけど、それが何か?」

「面妖《めんよう》じゃ。考えてもみよ、東北新幹線は広軌、在来田沢湖線は狭軌のレールを使用しておるのではなかったか。だのに両者はなにゆえ、手をたずさえて軌上を走ることができるのじゃ」

「……言われてみれば、たしかに」

「であろう。面妖じゃ。元来相容《あいい》れぬはずの広軌と狭軌が何ら蹉跌《さてつ》もなく同一軌上を走るとは、昨今の薩長連合もかくやはと思えるほどの奇々怪々。そちたちはいかが思う」

かくて私たち三人は、国表到着までの間、喧々囂々《けんけんごうごう》たる議論を戦わせたのであった。主張は三者三様で一致せず、また主張というほどそれぞれの意見には自信も説得力もなかった。

大番頭文右エ門はこう主張した。

「それは、盛岡駅で車両の台車を乗せかえるのですよ。広軌用から狭軌用に」

私と好吉は猛反撥した。長い車両のすべてのゲタをはきかえることなど考えられぬ。「こまち」に客は乗ったままなのだし、第一そんな手間をかけるぐらいなら今まで通りに在来線を乗りついだ方がいいに決まっている。

次に番頭好吉の説。

「東京—盛岡間にレールが四本、もしくは三本ついているのでしょう。『やまびこ』が広軌を走り、『こまち』は狭軌を走っているのです」

私と文右エ門は猛反撥した。そんな二人三脚みたいな格好で新幹線が走るなど、とうてい考えられぬ。

そこで私の主張。

「車輪の幅が油圧等の力で変化するのではあるまいか。盛岡駅で切り離すと同時に、『こまち』の車輪の幅がギイと縮まり、在来線の狭軌を走り出すのじゃ」

ブーイングが飛んだ。そんな途方もない技術が可能ならば、とうの昔にリニアは走っている、というわけだ。

盛岡駅に到着したとき、よほど駅員に訊ねようと思ったが恥ずかしいのでやめ、三人で「こまち」の出発を見送った。彼女は台車をかえる様子はなく、二本のレールの上を、こともなげに元の車輪のまま走り去って行った。

面妖である。

折しも粉雪の降りしきる城下を歩きつつ、盛岡南部藩の居城に向かう。城郭は明治七年に取り壊され、石垣と濠の一部を残したまま公園となっていた。

雪を踏みながら本丸跡に立ったとたん、私はまた変なことを考えてしまった。もちろんいやらしいことではない。

「好吉。つかぬことを訊ねるが――」

「へい……また、何か？」

「つい今しがた考えたのじゃが、城下のお徒士《かち》はこのような雪の日、いったい何を履《は》いて登城いたしたのであろうな」

小説を書くにあたり、これはきわめて重大な問題であった。

「それはワラグツでしょう」

と、文右エ門。私はたちまちその首を締め、好吉も下剋上《げこくじょう》の回し蹴りを見舞った。いやしくも二本ざしの武士が、ワラグツを履いてゾロゾロ登城するはずはない。少なくともそんな光景は小説家の美意識が許さない。

「好吉、そちはどう思うのじゃ」

「へい。決まってまさあ、カンジキです」

好吉は深雪のマットに沈んだ。

「手打ちじゃ、そこに直れ」

「まあまあ浅田様。好吉も問われたままに答えただけで。手打ちなどとご無体な。ましてやこの者は紀尾井屋きっての歴史オタク、斬って捨てては代りがおりません。よしなに、よしなに——ときに、浅田様のお考えは？」

私はけっこう自信を持って答えた。

「それは決まっておろう。武士は登城の折といえども常時即応、しかも体面を気にする。ワラジじゃ、ワラジ。雪の冷たさなぞ知らぬそぶりで、日ごろと同様にワラジもしくは草履《ぞうり》を履いておったのじゃ。冷たいの寒いのと言えば士道に悖《もと》る。みな歯をくいしばって雪に耐えたのじゃ」

冬の弱日《よろび》はすでに西の山に消えかかっており、横なぐりの風が粉雪を巻いて吹きつのった。私たちはみな地吹雪の中で氷の彫像となっていた。

「ほう。ワラジでねえ……」

と、文右エ門は軽蔑《けいべつ》しきった目で私の足元を見つめた。防寒靴を履いているにもかかわらず、私は絶え間なく足踏みを続けているのであった。

ともあれこの疑問が解けぬうちには「著者初の歴史時代小説」の筆は下ろせぬ。

願わくば、どなたかご正解を。

流行性感冒《かんぼう》について

巷《ちまた》ではたちの悪いインフルエンザが猛威をふるっている。

私はバカなのでカゼをひかない。しかしその一方、免疫性がてんでなく、ほとんど無菌状態の肉体を所有しているものだから、「ちょっとカゼ気味」という程度で突然と血圧低下や呼吸不全を起こし、救急車のお世話になる。

本稿でもたびたびネタに使用している「霍乱《かくらん》」というやつである。

この「霍乱」も過去三年の間に三度も経験すれば、いかな私とて多少は気をつけるようになる。つまり、「蓄積疲労＋寝不足＋カゼ気味＝救急車」という「霍乱の法則」に遅ればせながら気付いたのであった。

作家の敵はてめえ一人である。すなわち、てめえの精神と肉体さえきちんと管理していれば百戦しても殆《あや》うからんのである。何ともはやバカバカしいくらいわかりやすい性格なのであるが、早い話が正月以来の過労と数日間の寝不足の上に、ちょっとカゼ気味かなと感じた私は、ただいま救急車に乗らぬための万全の配慮を整えて、自宅のベッドの上でこの原稿を書いている。

一昨日は過密スケジュールであった。午《ひる》すぎから市役所での講演があり、六時からは新聞社の書評委員会に出席し、午後八時から銀座のホテルでテレビのニュース番組の録画どりがあった。

どこかで霍乱を起こしてしまえば、まるで芸術品のように精巧に作られたスケジュールはバラバラに壊れてしまうのである。で、まず出発前にカゼ薬、胃腸薬、栄養剤、ビタミンC等を摂取し、移動に際してはすべて車、食物はいっさい口にせず水分だけを十分に補給する、という戦法をとった。

講演会の弁当にも、書評委員会で供された夕食にもほとんど手を付けず、テレビの録画どりに際しても打ち合わせはソファに寝転んだまま、カメラを回すときだけ起き上がった。

つまり、その時刻にはすでに相当の危険を感じていたのである。収録後すみやかに帰宅し、昨日は朝一番で医者に行き、安静のまま現在に至る、というわけだ。

ところで、寝ている場合ではないのである。向こう三日間で五十枚の短篇小説を一本とエッセイを三本、どうしても書かねばならない。さらに火急を要する仕事としては、書評委員としての務めで、読破しなければならぬ書物が十冊もたまっている。

医師の診断によれば、典型的なインフルエンザということで、なるほど薬を飲んで安静にしているにもかかわらず、次第に熱が上がり、吐き気が続き、下痢は猖獗《しょうけつ》をきわめている。当然、仕事など何もする気になれず、またできるはずもないのであるが、ナゼか書評委員会から持ち帰った書物の中に『インフルエンザ』という題名の一冊があった。これはいささか興味深い。しかも高熱にうかされ、意識も朦朧《もうろう》たる状態でこれを読むことは、たとえていうなら「墓場でホラー」「押入れで乱歩」「温泉で『雪国』」の臨場感を堪能できる。

インフルエンザの名称は、この病気が星の影響であると考えられていた一五〇四年の大流行の際に、〝インフルエンス（影響）〟という言葉が使われたことに由来するという。フムフム。なかなか面白い。

要するに広義でいうところの風邪の一種、インフルエンザ・ウイルスによるきわめて伝染性の強い風邪、というのがその定義であるらしい。ちなみに influenza は英語で、欧米では俗語として flu と呼ぶらしい。

古代ギリシャの医学の祖、ヒポクラテスはその流行を早くも記述しており、わが国でも文献における最古の記録は貞観《じょうがん》四年（八六二年）であるという。大正初期には「流行性感冒」という名称も使われているが、実はこの「感冒」という言葉はオランダ語の「カンバウ（風邪）」で、れっきとした外来語だそうだ。そういえば、私が子供の時分には「インフルエンザ」とは呼ばず、もっぱら「流感」と言っていたような気がする。

と、このあたりまで読み進んだところで、私は氷嚢《ひょうのう》を頭に載せたまま書庫に潜った。悲しき職業上の性《さが》である。

明治四十五年刊『日本疾病史』によると、流行性感冒は「明治二十三年の春、我が邦にインフルエンツァの大流行ありしとき、新に用ひられたる名称」とある。

明治二十三年の大流行というのは「お染かぜ」「電光感冒」と呼ばれたインフルエンザのことで、それ以前の大流行には、あたかも台風のように名前がつけられていた。

お駒かぜ（安永五年・一七七六）、お七かぜ（享和二年・一八〇二）、琉球かぜ（天保三年・一八三二）、アメリカかぜ（安政元年・一八五四）――ううむ。昔の人は偉い。決して「香港H5型」なんて言わないのである。

さて、世界的に猛威をふるったインフルエンザといえば一九一八年の春から翌年にかけての「スペインかぜ」。

もともとは第一次大戦中の西部戦線で発生したのだが、各国の兵隊たちがウイルスとともに復員してしまったために世界的大流行をひき起こした。世界中のスペインかぜによる死亡者は一五〇〇万人から二五〇〇万人の間であったと推定されるので、何と第一次大戦の人的被害など較べものにならぬのである。

なにしろイギリスでは二〇万人が死亡し、アメリカでは当時の人口の〇・五パーセントにあたる五〇万人が死に、イギリスの属領として兵士を動員させられた上に衛生環境の悪かったインドでは五〇〇万人が犠牲になったといわれる。わが国でもスペインかぜによる死亡者総数は一九二一年五月までの報告で三八万八七二七人にものぼる。

そういえば武者小路実篤の『愛と死』のヒロインはスペインかぜにかかってポックリ死んだ。ついでに拙著『天切り松　闇がたり』の主人公・松蔵の姉も、吉原に売りとばされたあげく、スペインかぜでポックリ死んだ。

こうなると、たかがカゼ、などと言っている場合ではあるまい。当時の新聞には、連日こんな怖ろしい見出しが躍ったそうだ。

「各火葬場は満員の姿、三日位火葬場に留置く」
「世界風邪で鉄道の欠勤七千五百人——輸送に不便で石炭車の運転を減ず」
「電車で咳を避けよ——感冒の死者毎日二百人を越ゆ」
「停車場に死体堆積す——火葬場満員のため」

スペインかぜ以来の世界的大流行は、一九五七年の「アジアかぜ」である。

これは中国南西部の貴州、雲南あたりで初発したといわれ、上海、香港を経由して、またたくまに全アジアへと流行した。わが国でも五七〇〇人の死者を数え、当時六歳であった私も、おぼろげながらこの「流感」の大騒動を記憶している。

さらに一九六八年の「香港かぜ」、一九七七年の「ソ連かぜ」と、約十年の周期で世界的な大流行は続いた。

書物によれば、インフルエンザ・ウイルスは鼻や口から体内に入り、喉頭《こうとう》細胞や肺の細胞などに寄生する微生物なのだそうだ。こう言われると怖い。

しかも、私が治ってしまえば私の体内のウイルスは死滅するが、微生物として存続するために、どこか別の人、別の生物に感染を続けて行かねばならない。ものすごく怖い。

そしてさらに、感染をくり返すうちに少しずつ姿を変え、地球を一周して翌年の冬になると、また新種のインフルエンザになって同じ人間、つまり私の体内に戻ってくるというのである。まさにホラー・サスペンスの世界である。

熱がひどいので書物を閉じようとすると、またしても怖い記述が目に入った。

「発熱もウイルスの増殖に対する防御機構です。例えば、摂氏三九度でのA型ウイルスの増殖は、摂氏三七度での増殖の一〇分の一ぐらいに落ちます」

ううむ。体は戦っているのだ。

筆者病中につき、やむをえず剽窃《ひょうせつ》いたしました書物のタイトルは『インフルエンザ』（PHP新書・六五七円）。発熱中の方はぜひご購読のほど。

仁義について

私が子供のころ、全国の小中学校を中心に「刃物を持たない運動」というものがあった。同世代の読者の多くはご記憶であろうと思う。

おそらく契機となるような事件が、何かしら起こったのであろう。ともかくある朝、刃物と名の付くものはいっさい持ってはならない、という通達がなされた。

小学校の高学年であった私は、この指導にたいそう反撥した。理由は単純で、授業中に鉛筆を削るのが好きだっただけである。

私の取柄《とりえ》といえば手先が器用なことと、口が達者なことであった。で、おおむね以下のような意見を開陳して先生を困らせた。

①ぼくはボン・ナイフ（当時の子供が持っていた五円の簡易ナイフ）しか持っていないの

で、これを禁止されたら鉛筆が削れません。ナイフで用が足りるのに、高い鉛筆削り器を買うのは贅沢《ぜいたく》だと思います。
②家庭科では包丁を持ち、図工の時間には彫刻刀を使っているのに、どうしてボン・ナイフはいけないのですか。
③家ではお手伝いをするために、包丁を持ったりハサミを使ったりしていますが、つまりそういうお手伝いもしてはならないのですか。

こういう結構な子供がそののち学園闘争などには目もくれず、日がな麻雀を打っていたのはまさに知的退行というべきであろう。

私の反撥は鉛筆削りの趣味を取り上げられることに対するものであったが、その一方、幼稚な制約に対する反抗でもあった。

その後「刃物を持たない運動」がどうなったかは知らぬが、どういうわけか通達を受けたときのこの反撥だけはありありと覚えている。

そういえば時を同じうして、「小さな親切運動」というものもあった。要するにお年寄りはいたわろうとか、女の子にはやさしくしようとか、下級生の面倒を見ようとか、日常のちょっとした親切を心がけようという運動である。

私の場合、極めて威勢のいい祖父母に張り倒されながら育ったので、そもそも「お年寄りをいたわる」という意味がてんでわからなかった。また、当時から四十六歳の今日に至るまでセクハラは生き甲斐であり、目下に対しては常にいじめっ子である。つまり、この「小さな親切運動」は私のアイデンティティーに対する全世界的拒否権の発動のようなものであった。

かくて私はこの二つの運動の結果、毎日廊下に立たされる羽目になったのである。廊下に立たされると、ヒマだから哲学をする。今も昔も、こういうとき決して反省はしないのである。ただひたすら、廊下に立ちつくすわが存在の理由について考える。どうしても自分が立たされるほどのことをしているとは思えなかった。

たぶん、私はまちがってはいなかった。教育の現場が確たる指針を失い、場当たりの指導しか思いつかぬ混迷の時代だったのであろう。

思うに、中学生がナイフで教師を殺害するなどという怖ろしい事件は、突然降って湧いたわけではあるまい。実は三十何年も前のあのころに、すでにその布石は打たれていたのではなかろうか。

カラオケ・ルームで屈強な大学生が、か弱い女性を輪姦するなどというおぞましい事件も、実は知れ切った結果なのではなかろうか、という気がしてならない。

刃物で他人を傷つけたいという衝動は、男子中学生の心理としてはあながち不自然なものではないし、健康な青年ならば強姦願望を潜在的に持つのは、むしろ自然であろう。ではなぜそうした欲望が現実の事件として起きにくいのかというと、むろん理性とか良識とかがコントロールしているからである。この理性や良識がいかにして失われたかというところに、問題のすべてはあるように思う。

かつてわが国には儒教的モラルというものがあり、非常にわかりやすい形で青少年の訓育《くんいく》がなされていた。

まず、「五徳」という五つの徳目がある。「温」「良」「恭」「倹」「譲」。

これらは読んで字のごとくわかりやすい。あえて教えられなくても、こういう人格を備えねばならぬということは誰だってわかっている。できるかできないかはともかく、わかってはいるのである。儒教的教育が否定された戦後にも、この五徳は学校でも家庭でも生きている。

一方、「五常」という五つの常識がある。「仁」「義」「礼」「智」「信」。

問題はこちらである。いくぶん概念的であるので教育の場では解説を要し、「修身」や「道徳」の学習時間がなくなったとたん、これらのモラルは少年たちの心から消えてしまった。

それでも「礼」と「智」と「信」は社会生活と密着しているので、多少形を変えてでも生き続けている。いや形を変えながらむしろ偏重されていると言ってもよい。

たとえば入社したばかりの新入社員を見てもわかる通り、優秀な人材はみな礼儀正しく、知性に富み、約束ごとは守る。たしかに実務上はそれで通用するのである。これらのモラルは元来が儒教固有のものではなく、西洋的もしくはアメリカ的モラルの中にも共通して存在したので、多少ニュアンスは変わっても存続し、かつ偏重されたのだと思われる。

少年たちの心から消えてしまったのは「仁」と「義」の精神であろう。

「仁」は他者に対する思いやり、いつくしみの心のことであって、これは高学歴社会の過当競争の中で死語と化した。おそらく「仁」は戦後自由主義と相容れなかったのであろう。今日では「福祉」とか「ボランティア」という形で社会に組み入れるほかはなくなってしまった。孟子の口癖を借りればまさに、「哀しい哉《かな》」である。

「義」もまた、法治国家の名のもとに死語と化した。法律を犯せば悪いやつで、法に触れなければ悪いことでも悪くはないのである。

「義民」や「義賊」の存在を子供らは知らず、佐倉宗吾も国定忠治の名も、青少年は知らぬのであろう。「哀しい哉」である。

かの孟子は、「仁は人の心なり、義は人の路なり」と説いた。

「仁」は人だれしもが持っている人間本来の心であり、「義」は人だれしもが歩み従うべき正道である、というほどの意味である。

また、「仁は人の安宅《あんたく》なり、義は人の正路なり」とも説いた。

「仁」は人間にとって最も安らかな居場所なのである。

仁の精神を制度化し、義の精神を法律に委《ゆだ》ねる愚を、私たちはこの五十年間にわたって続けてきたのではあるまいか。その愚行はすでに三十数年前、「刃物を持たない運動」や「小さな親切運動」という形で提示されていたのである。

「仁」と「義」とを知ってさえおれば、少年は男子の本能の赴《おもむ》くままにナイフを持ち歩きこそすれ、決して他人にその刃を向けることはなかったはずである。

また大学生たちはか弱い女性とともに飲みかつ唄い、性的妄想をたくましうしたとしても、よもや輪姦には及ばなかったはずなのである。

今日までわが国が世界にも珍しいほどの治安のよさを維持してきたのは、儒教世代が社会を牽引《けんいん》していたからであろう。だが、文字通り仁義をわきまえぬ戦後世代にバトンが手渡されれば、このさきどのような世の中になるかは自明である。いくつかの事件はその予兆のような気がしてならない。

「仁」と「義」とは、数々の社会的モラルを人の心のうちに水のごとく湛《たた》える器である。この精神をないがしろにして何を教育しても、個人のためにこそなれ社会にとっては無益であろう。その証拠に、器がないから中学生も大蔵官僚も、同じ罪を犯す。

きわめてわかりやすく、合理的な道徳である儒教教育を復活させることは、決して反動ではないと思う。少なくともかつてそのモラルで社会を築き、今も漢字による学習を続けているわれわれにとっては、何を考えるよりもむしろ早道なのではなかろうか。

虚心坦懐《きょしんたんかい》について

病が本復するやいなや、たちまち都心に躍り出て暴飲暴食、当たるを幸い床中で学んだ『インフルエンザ』の蘊蓄《うんちく》をたれ、「虚弱な人間や用心の足らぬ人間は何度でもぶり返すから気を付けよ」などと言いつつ、てめえがぶり返して寝こんでしまった。

要するに私は虚弱で用心の足らぬ人間なのである。

こうなるとまさか『インフルエンザ』を読み返す気にもなれず、オリンピック中継は見ているだけで寒気がし、虚心坦懐、本来の職業に立ち返って小説を読むことにした。

梁石日《ヤンソギル》著『血と骨』は在日朝鮮人の血族の半世紀を生々しく描いた力作で、虚弱で用心の足らぬ私には、二つとない特効薬であった。

ところで、この作品の書評を新聞社に寄せたのもつかのま、きわめてショッキングな事件報道に見舞われた。新井将敬代議士の自殺である。

第一報に接した私の感想は多くの国民と同様、「何と卑怯《ひきょう》な」「何と身勝手な」というものであった。しかし死の前日に彼が記者会見の席上で、「虚心坦懐に受け止めていただきたい」と語っていたことを思い出し、その通りに考え直してみなければならぬと思った。公人でありながら、命とともに事件をも闇に葬《ほうむ》った彼は卑怯である。だが、公人とて生身の人間にはちがいないのだから、公人としての彼はさておき、私人としての彼の死について考えてみる必要はあると思う。

ちなみに「虚心」とは、「心にわだかまりを持たず素直であること」というほどの意味で、『韓非子《かんぴし》』には「喜びを去り、悪《にく》しみを去り、心を虚しくして以て道の舎《しゃ》となす」とある。すなわち私たちは、テレビや雑誌を通じて政治をわかりやすく説いてくれた彼に対する賛辞も、その彼が犯した利益供与の罪に対する憎しみもとりあえずはさておき、彼の生と死について、心をからっぽにして考えねばならない。この事件を「道の舎」とするためである。「坦懐」は「懐《こころ》を坦《たい》らかにする」という意味で、転じて「仲よくする」ことである。やはり怒りも悲しみも、さておくこととしよう。

新井将敬代議士は在日韓国人として大阪市に生まれ、十六歳で日本国籍を取得した。成績が優秀で、いわば期待の星であった彼が日本に帰化したことについて、友人たちの間では少なからず非難があったという。むろん熱血漢の彼のことであるから、すでに彼なりの考えはあったのであろう。たぶん彼はこのときから、「公人」としての道を歩み出したのだと思う。少なくとも天は、その使命を彼に与えた。

東京大学二年のときに学園闘争に参加、マルクス経済学を学ぶために理科一類から経済学部へと転科する。一九七二年に新日鉄に入社、兵庫県姫路市の製鉄所に勤務したのち、一年後に公務員試験に合格し、大蔵省に入省する。スーパー・キャリアとして税務署長などを経て、故渡辺美智雄蔵相の秘書官を務め、衆議院東京二区から出馬、二度目の挑戦で初当選を果たした。三十八歳のときである。

書いてしまえばわずか数行の半生ではあるが、このサクセス・ストーリーが実は奇跡ともいうべき類《たぐ》いまれなものであることを、われわれは理解しなければならない。

日本という一見リベラルな国家にも、いかんともしがたい階級《カースト》は存在する。いやむしろ他の自由主義国家のどこにもまして、歴然と存在すると言ったほうがよかろう。何しろこの国では、国会議員の椅子が当然のことのように世襲されるのである。

同世代の証人として言わせていただく。いわゆる「在日朝鮮・韓国人」は、ひとからげに「チョーセン」という差別語で呼ばれ、「あいつはチョーセンだから」「チョーセンのくせに」というふうに、ことあるごといわれのない誹謗中傷《ひぼうちゅうしょう》を受け続けてきた。しかもこうした誹謗中傷は、われわれの世代までは言葉にのみとどまらず、明らかに学問の場や就職や恋愛や結婚や、その他あらゆる生活の中で現実的な差別として存在していた。

彼はまちがいなく、歴然と存在したカーストの最底辺から立ち上がり、宿命の壁を次々と力でつき破って、ついに国会議員の地位にまで登りつめた。あえて虚心坦懐に言わせてもらえるのなら、こんなに偉い人はいないと思う。

しかも彼は、自らの出自を隠そうとはしなかった。だから選挙ポスターに「元朝鮮人」という心ないシールを貼りめぐらされたときでも、敢然と告訴に踏み切った。そして、これが最も彼の偉いところなのであるが、出自を決して自らの看板にしなかった。

おそらく彼は、厳然と存在するカーストを解決するためには、運動は単なるレジスタンスであってはならぬと信じていたのであろう。真正面からその問題に向き合うために、彼は官僚となり、与党代議士となる道を選んだのであろうと私は信ずる。

あるいは差別問題が彼のライフ・ワークではなかったにしろ、彼は身を以《もっ》て目に見えぬカーストの打破に挑み続けてきたのだと思う。

しかし、そんな彼が議席を得て直面したものは、「ドブ板選挙」ではとうてい対抗しえぬ「金権選挙」の現実であった。

国会議員のすべてが金まみれであるとは言わない。だが、膨大な金を投入しなければ選挙には勝てず、その資金を得るためには企業の力を何らかの形で導入しなければならぬという病的なメカニズムは、明らかに存在する。

わが国伝統の世襲議員であるならば、そのメカニズムは体で理解しているであろう。それを制御するテクニックも、たぶん世襲的に知っている。だが青雲の志をもってカーストをつき抜けてきた彼にとって、この現実はすでに悲劇であった。

死の直前、彼は終《つい》の場となったホテルの部屋に「ウォール・ストリート・ジャーナル」の記者を招いて、「今回の事件は差別問題に根ざしている」とアピールしたそうだ。

つまり、「誰でもやっていることなのに自分が血祭りに上げられる理由は、在日韓国人であったから」という意味なのであろう。

記事は未見だが、それが彼の「敗北宣言」であるのなら、彼の支持者のひとりとして、読む身はつらい。彼の死そのものよりもつらい。

前日の記者会見でも彼はさかんに、「私はたったひとりで戦っている」というようなことを言っていた。

しかし、たとえ金権選挙によって選ばれた議員であれ、多くの支持者から選ばれた以上、彼はひとりではない。

支持者たちとともに戦う道が、政治家にはいかような場合に至っても残されているのである。またそうすることが、多くの支持者から選ばれた議員の務めでもあろう。

私が彼の行為と死を糾弾《きゅうだん》するのは、この一点である。

政治家たる者はバッジを胸につけたその瞬間から、政治に身命を捧げた「公人」とならなくてはならない。しかし彼は、勝手に使ってはならない公の命を、最後に私してしまった。

せめて彼が巻きこまれてしまった金権政治のメカニズムを、法廷という公の場でつまびらかにして欲しかったと、支持者たちはみな考えているにちがいない。そして多くの国民にあれだけわかりやすく政治のありかたを説明できる彼ならば、罪に服したのちもまたちがった方法で、この国の未来を作ることができたはずである。

公と私とのはざまで懊悩《おうのう》して欲しくはなかった。同じ死を希《ねが》うのであれば、義理も面子《メンツ》もかなぐり捨て、虚心坦懐に自らの思うところを国民に伝え続けたのち、凶弾に倒れるような政治家であって欲しかった。

いずれにせよわれわれは、差別問題、金権選挙、族議員、企業との癒着《ゆちゃく》、マスコミの活用といった未来の政治にかかわるさまざまの鍵を握っていた人物を喪《うしな》ってしまった。

検察が一連の利益供与事件の強制捜査に乗り出して以来、関係者の自殺は四人目である。なぜ彼の所在の把握と身辺の保護をしなかったのであろう。この点は重大なミスである。

またひとり、時代のキーマンが大いなる光と闇とを抱えたまま消えてしまった。こんな失態が続けば、検察はヒステリックな司直になり下がる。

訣別《けつべつ》について

三十年近くも前の、その冬の一日《いちじつ》のことを私は今も克明に記憶している。十五の齢に家出をしてからずっときままなアパート暮らしで、勉強はあまりせず、文学三昧の四年間を過ごした。出版社への執拗な原稿持ち込みと新人賞への応募が仕事のようなものであった。

そんなわけだから、当然大学は浪人した。今から思えば、大学に行くことにさほどの執着はなかったのであろう。ひたすら小説家になることばかりを考えていた。

秋の終わりに三島由紀夫が死んで、その小説家という職業がわからなくなった。で、翌《あく》る年の受験に第一志望校を落ちたら、自衛隊に入ろうと心に決めた。

安直といえば安直、明晰《めいせき》といえば明晰である。つまり一流大学で「小説」のソフトを学ぶべきか、自衛隊に行って「小説家」のハードを解明すべきかという選択で、それはおそらく人知の及ばざるところに存在する文学の神様が、受験結果で示してくれるのであろうなどと考えた。

ということは、その時点でほとんど大学進学の意志はなくなっていたのかもしれない。

年が明けて、受験を目前に控えたある日、私は思い立って高校時代の同級生に電話をした。仮にM子としておく。

彼女とは友人と呼べるほどの交際すらなかった。在学中も何度か言葉をかわしたという程度である。むろん恋心などなかった。ではなぜ一年ぶりに連絡をしたかというと、M子が高校のマドンナであったからである。

多くの友人たちが彼女に恋をしており、そして彼女は私と同様に浪人中であった。

私の手元にはバイト先で貰った映画の切符があり、さて誰と行こうかと考えたときに、ふとM子を思いついたのである。

彼女はたぶん、深窓《しんそう》の令嬢であったと思う。少なくとも私は彼女にそういうイメージを持っていた。恋心はなかったが、長いことアパートで自活していた私は、そんなM子に対して少なからず憧れと嫉妬を抱いていたのだろう。

一年ぶりの思いがけぬ級友からの電話に、彼女はとまどった。どういうわけか私は熱心に誘った。後にも先にも、あんなふうに女を誘ったためしはない。

新宿で待ち合わせ、地下鉄に乗って銀座に行った。丸ノ内線のドアに並んで立ち、私はガラスに映るM子の姿をあかず眺めた。白いベレー帽を冠り、白いタートルネックのセーターに、チェックのミニスカートをはいていた。コートの色は忘れた。

私はブルーのコンテンポラリィのスーツを着ていた。コートは持っていなかった。

みゆき通りの「ジュリアン」という喫茶店の二階で私はコーヒーを注文し、M子はミルクティーを飲んだ。サンドイッチを昼食がわりにつまんだ。席につくとき、スカートが短いから階段のそばはいやだと彼女は言った。気配りができなかったことを、私は内心恥じた。

私はその喫茶店が好きだった。「ジュリアン」という店の名は、たぶん『赤と黒』のジュリアン・ソレルにちなむのであろうと勝手に決めていた。つまりその喫茶店が好きなのではなく、スタンダールが好きだったのだ。

日比谷で見た映画は『1000日のアン』というタイトルであったが、内容は記憶していない。私はずっと、かたわらに座るM子を意識し続けていた。冷静に、私の青春の象徴的なオブジェのひとつを、胸の奥深くに刻みつけようとしていた。

新宿に戻る地下鉄の中で、私はまったく唐突に妙な欲望を抱いた。妙な欲望といってもいわゆる性欲ではない。彼女に何かを買ってやりたいと思ったのである。受験前の貴重な一日を私のために費してくれた、素直なお礼のつもりだったのかもしれない。あるいは、私には分不相応な彼女に物を買い与えることで、自尊心を保とうとしたのかもしれない。

申し出を拒否するM子を西口のデパートに連れこんでブーツを一足プレゼントした。十八歳の少年にとってはずいぶん高価な値段だったと思う。たしか、競馬で儲《もう》かったというようなことを言った。もちろん嘘である。そんな理由でもつけなければ、彼女は私の申し出を受けてくれないだろうと思った。

それから行きつけのスナックでジン・ライムを飲んだ。ギターを弾いてラブ・ソングを唄った。

そのスナックから私のアパートは近く、新宿駅への帰り道には何軒かのホテルもあった。しかし毛ほどもそんな気持ちは起きなかった。自分でもふしぎに思ったほど、その日の私は毅然としていた。

M子とは山手線のホームで別れた。がんばろうね、と彼女は言った。握手をかわしたとき、私の胸は激しく痛んだ。M子を欺《だま》しているような気がしてならなかった。

私の中には何ら撞着《どうちゃく》はなかった。だがそれを彼女に説明することはできなかった。

大学に行かずに自衛隊に入ることは、私を囲繞《いにょう》するすべての常識との訣別であった。愛したのは君ではなくジュリアン・ソレルなのだよと——小説ならばそう書いたであろうけれど。

電車が行ってしまったあとで、私はベンチに座って煙草を喫った。大事な儀式をおえたあとのように、しばらくぼんやりとしていた。

M子の母という人から自衛隊の事務室に電話が入ったのはだいぶ日が経ってからだ。半年間の新隊員教育をおえて連隊に配属されてからだから、その長い空白はいまだに謎である。

娘が高価なプレゼントをいただいて申しわけないと、M子の母は言った。私はとっさに、いえどうせアブク銭ですから、とひどく下品な言いわけをした。もちろんこのときも、それ以上の説明をすることは不可能であった。

しばらくして、M子の母からデパートの包装紙にくるまれたセーターが送られてきた。私の身勝手で母親にまで気を遣わせてしまったと思った。M子が親からあらぬ詮索《せんさく》をされたであろうことも想像した。

そのセーターはどうしても着る気になれず、駐屯地の焼却場に持って行って、箱ごと炉にくべてしまった。私は悲しい気分にならぬ得な性格なのだけれど、さすがにそのときばかりは応えた。

すべてと訣別したあとに、思いがけず贈られたセーターであった。何で俺はこんなことをするのだろうと思ったとたん、ものすごく悲しい気分になって、炉の前で膝を抱えたまま泣いてしまった。

二年間、私は理屈ぬきの兵隊であった。三島さんは恩師だから悪く言いたくはないが、少なくとも物事の順序は私の方が正しいという自信はある。

自分は小説家になるために自衛隊に入ったのだから、命ぜられたことは何ひとつとしておろそかにしてはならないと思い続けていた。平和な軍隊の中で、私はひとりぼっちの戦をした。

M子のことはそれきり忘れた。

陸士長になって、営内班でも殴られる側から殴る側に回ったころであったと思う。休暇か外出かでぶらりと出かけた新宿の地下道で、私は思いもよらずにM子と出くわした。本人と遭遇したのではない。M子が地下鉄のポスターのモデルになっていたのだ。人ごみの中に佇《たたず》んで、私は美しい微笑をあかず眺めた。あの冬の日、丸ノ内線の暗いガラスに映っていた彼女の姿が思い出された。

もしかしたらM子は、言うにつくせぬ私の心情をすべて理解していたのではないかと思った。少なくともそう思うことにした。

訣別のホームで彼女は、がんばろうねと言ってくれた。たぶんそれは、世界中の人々が彼女の口を借りてそう言ってくれたのだと思う。私が私の未来のためにいっとき捨てねばならなかった世界を代表して、そのシンボルであるM子は固く私の掌を握ってくれたのであろう。

小説家と呼ばれるようになるまでには、それから二十年かかった。

華々しいデビューではなかったので、しばらくは自分の思い通りの小説を書くことはできなかった。だから初めて自分らしい、納得の行く作品を書いたとき、ずっと胸の中に温めていたタイトルをつけた。

吉川英治文学新人賞をいただいた『地下鉄《メトロ》に乗って』は、私が新宿の地下道であかず眺めたポスターの、キャッチ・コピーである。

やさしく微笑みかけるM子の胸前に、「メトロに乗って」と書かれていた。

連帯について

地獄の文筆労働をおえてコーヒーを淹《い》れ、何か変わったことはねえかなとテレビをつけたところ、ものすごく変わったニュースが飛びこんできた。

経営に行き詰まった仲良しの社長さんが三人、中央高速のインターに近いラブホテルで心中しちゃったんだそうだ。

「へえ……」

と、私はテレビの前に座りこんだ。「えっ！」でも「おお！」でもないのである。

事実は小説より奇なりとは言うものの、これはまさしくミステリー。

社長さんがひとりで死んじゃったのなら、きょうび珍しい話ではない。二人いっぺんでもまあ、ありそうなことではある。しかし仲良し三人がラブホテルの部屋を三つ並べて、同時に首をくるというのはすごい。こんな設定の小説は高村薫だって思いつかない。

何でも三人の社長さんは真昼間に車でやってきてホテルの隣で牛丼を食い、それからチェック・インをして、しばらくビールを飲みながら最後の会議をし、それぞれの部屋に戻って首を吊ったのだそうだ。

ニュースに見入るほどに、このミステリーが身近に迫ってきて怖くなった。

三人の社長さんのうち、ひとりの名前に聞き覚えがあったのである。親しく見聞きした名前なのだが思い出せない。

「ええと……誰だったっけかなあ」

このときの私の胸中を想像していただきたい。ものすごく怖かった。考えこむほどに脂汗がにじみ出てきた。

「あら、どなたかご存じのかた？」

と、家人。私の場合、知り合いが自殺もしくは変死するということは、かつてさほど珍しい話ではなかった。

「お葬式とか、行ってられませんねえ。原稿たまってるし。花輪の用意でもしときましょうか」

「うるさい。黙っていろ」

家人は黙って節句の花を生け始めた。

「思い出せないんですか？　たとえば、むかし手形をパクッちゃった人、とか」

「ちがう。それはちがう……」

「だったら、そこいらでボコボコにしちゃった人、とか」

「ちがう。それほど近しくはないと思う。しかしこの名前は……この名前は……」

「競馬のお仲間」

ピンポーン、と私の頭の中に正解のチャイムが鳴った。そうだ、彼は知る人ぞ知る中央競馬の大馬主、かつてあのアイネスフウジン号でダービーを制した人物ではないか。

とりあえず会葬に赴く必要はなく、花輪もいらない。私は競馬新聞で長い間、彼の名前に接していただけなのである。

画面に現場のホテルが大映しになり、私はいよいよ怖くなった。

むろん、そのラブホテルに行ったことはない。断じてない。神かけてない。そういう意味ではなく、ホテルは私の家の最寄りインター入口に立っているのである。週に何度もその前を通っているのであるから、行ったことはなくたって親近感はある。しかも、社長さんたちが最後の食事をとった牛丼屋にも、かつて何度か行っている。ちなみに、そこの牛丼はうまい。

かたわらに寝転んでテレビを見ていた娘が、「こわいよー」と言って屋根裏に逃げこんでしまった。大学をことごとく落ちてしまい、ただでさえナーバスになっている娘に見せるニュースではない。

世の成功者である社長さんが三人いっぺんに自殺するなど、前途ある若者たちの意欲を著しく害するであろう。ましてやそのうちのひとりが一国の宰相となるよりも難しいダービー・オーナーだと知れば、私の馬券意欲も著しく害される。

書斎に戻り、彼らはどうして死んでしまったのであろうと考えた。

企業経営者は軍人ではなく、小説家でもない。つまり社長さんの自殺は、たとえどのように切迫した事情、絶望的な状況にあろうと、大義のかけらすらない敗北なのである。死のあとに栄光や名誉はなく、死によって美化され完結するものは何もない。しかも、困る人が多すぎる。

彼らの年齢は五十一歳と四十九歳。事業家としては将来に再起の夢をかけられぬ年齢ではない。おそらく年頃の子供もいるであろうし、悲嘆にくれる親も存命であろう。たとえどのようないきさつがあったにせよ、大の男が三人もうち揃って首をくくるだけの正当な理由にはなるまいと私は思った。

団塊《だんかい》、という言葉が私の頭をかすめたのは飛躍にすぎるであろうか。私よりいくつか年長の彼らは、団塊と呼ばれる世代に属していた。本誌の読者にも、この年代のかたはさぞ多かろうと思う。

昭和二十六年生まれの私たちには、この団塊に属する兄や姉を持つ者が多かった。ちなみに私の兄も昭和二十三年生まれのネズミ年、つまり三人の社長のうちの二人と同じ四十九歳である。

戦地から復員してきたオヤジが、一服ついたところで子供をこさえた。これが「団塊」である。おおむね昭和二十二年から二十四年に出生した世代がこれに相当し、人口ピラミッドで見ると、まるで塊《かたま》りのように頭数が多いことから、この名がつけられた。

私の同級生にはたいがい、強くて怖いおにいちゃんか、男まさりのおねえちゃんがいた。食い物のない時代に生まれ、長じては一クラス七十人というサバイバル・ライフを運命づけられた彼らは、みな強く、たくましかった。

一方わずか数年のちがいとはいえ、朝鮮戦争の特需景気のさなかに生まれ、高度成長とともにのほほんと育った私たち二男坊世代は、おしなべて闘争心に欠け、変にやさしいやつが多い。

つまり私たちは学校でも職場でもビジネスでも、量質ともに圧倒的な団塊の兄たちにはてんでかなわず、常に屈服し、支配され続けてきたのであった。

パワフルな二十二年生まれのイノシシ。勤勉で働き者の二十三年ネズミ。タフで強情な二十四年のウシ。高島易断の運勢を繙《ひもと》くまでもなく、彼らはみな私たちにとって、強くて怖いおにいちゃんであった。

彼らはクラブ活動やサークルを牛耳《ぎゅうじ》って黄金時代を築き、学園闘争では常に主導権を握り、めくるめくバブルの時代の主役になった。

ところで——景気が低迷し、すべての営みが攻めることより守ることに変質してしまった今日、何となく彼ら団塊の影が薄くなったように感じるのは私だけであろうか。いやたしかに、華々しい時代を背負っていた兄貴たちは近ごろ目立たなくなった。さまざまの職場でも、この現象は如実に現れているのではなかろうかと思う。

仲良し社長三人の心中事件に、世代の特性を考えるのは邪推《じゃすい》かもしれない。団塊の彼らはたしかに質量ともに他の世代を圧倒していたが、彼らは実はその質量ゆえの強固な連帯によって世代の実力を発揮するという、ふしぎなメカニズムを持っているのではなかろうか。

五十一歳と四十九歳の三人の社長は、それぞれ自動車用品の製造、卸、小売の事業を営んでいた。商売上はたしかに一蓮托生《いちれんたくしょう》の仲と言ってもよかろう。しかし「一蓮托生の仲」と「刎頸《ふんけい》の交《まじわり》」の区別がつかなかったところに、この想像を越えたカタストロフィーは起こったのではないか、という気がしてならない。

私たち高度成長世代は、個人の突出こそが成功であると定義する。徒党を組むことを嫌う。しかし団塊の兄たちは、連帯の力によって成功をめざす。たがいにそういう世代のメカニズムを持っている。

弟分の口から言うのもおこがましいが、それはないだろうと私は言いたい。たとえどのような連帯の輪の中にあっても、命だけは他人のものではあるまい。

名馬アイネスフウジンは、二千四百メートルのダービーを一気呵成《かせい》に逃げ切った。目のさめるような単騎逃げであった。

オーナー、それはないだろうと、アイネスフウジンは呟《つぶや》いているにちがいない。

滑降について

高校を卒業したばかりの娘四人とともにスキーに行ってきた。くれぐれも誤解なきように言っておくが、私は引率者である。わが娘が大学をことごとく滑ってしまったので、ついでに滑りに行こうということになり、娘の友人三名を誘ったのであった。

私の青春はスキーなしには語れない。スキーがなければたぶん大学に行けた。スキーと競馬がなければ早稲田か慶応に行けた。スキーと競馬と麻雀と女がなければ、まちがいなく東大に行けた。たしか現役受験の一週間くらい前までは石打の民宿におり、浪人受験の二、三日前まで蔵王の旅館に居候をしていたと思う。

今回の行先はあれこれと思案したあげく、八方尾根《はっぽうおね》に決めた。理由はしごく単純で、オリンピックの滑降コースを滑ってやろうと考えたのである。当然、原稿待ちの編集者たちは泣いて止めた。止める理由はまあわからんでもないが、二十歳のときに滑ったコースを四十六歳になって滑れぬというのはしゃくにさわる。どうやら彼らは、私の本質的性格をまだ知らぬらしい。やれと言われれば意地でもやらず、やるなと言われれば槍《やり》が降ったってやるのである。で、出発に先立ち、槍が降ったらやめるが雪でも嵐でも初志貫徹と誓った。

ところで、スキーは五年ぶりである。それ以前も思い出したようにしか行ってはいない。しかも両足はすっかり退化して昆虫のごとくになっており、にもかかわらずなぜか体重は変わらぬ。このアンバランスな肉体で派手にコケれば骨折は必定《ひつじょう》、という気はした。

前夜から泊まりこんでいた娘どもを夜中の三時に叩き起こして出発。おじさんは寝起きがいいのね、などと娘どもは驚いていたが、そうではない。三日分の前倒し原稿に追われて寝ていないのである。さしあたっての問題は山頂から滑り降りることよりも、四駆を駆ってはるか白馬山麓までつっ走れるかどうかであろう。

それにしても、しばらくご無沙汰していた間のスキー旅行の変わりようといったら、まさに隔世の感があった。なにせ長野県下のスキー場はすべて高速道路でつながっちまっているのである。しかも豊科《とよしな》インターから白馬まではオリンピック道路ができており、かつての塩尻峠越えの難所を思い描いて娘どもを夜中の三時に叩き起こした私は愚かであった。

当然のごとく八方尾根には朝っぱらに到着してしまい、チェック・インには間があるのでただちにゲレンデへ直行とあいなった。

四年か五年に一度というオリンピックみたいなスキーであるから、むろん用具はレンタルだが十分にこと足りる。おじさんが君らぐらいのときは、貸スキーといったら木製のオンボロで、ストックは竹だったのだよと言っても、娘どもにはサッパリわからぬらしい。身長百七十センチの私が百七十五センチの板を所望するというのもみじめである。二十歳のころには二メーターの板をはいていたのであるが、まさかそれは無理な話、昆虫のような足を考えれば一センチでも短いほうがよろしい。

ゲレンデに出て仰天した。なんだアレは。大勢の若者たちがストックも持たず、両足を一枚のスキー板にのせて滑っているではないか。

恥ずかしながら私は、オリンピック中継で目にしたスノーボードなるスポーツが、かくも一般的なものであるとは思ってもいなかったのである。いや、一般的なというよりも、その数はすでにスキーを凌駕《りょうが》している。ことに若者たちは七割方がボーダーで、一見したところスキーヤーはおっさんばかり。このままあと十年もたてば、スキーは高齢者専用の囲碁か将棋のようになってしまうのではあるまいか。

リフトに揺られながら「スキー専用ゲレンデ」でシュプールを描く十年後の自分を想像し、暗鬱《あんうつ》な気分になった。

ところで、滑り始めて自分でもふしぎに感じたのであるが、五年ぶりのスキーとはいえ案外忘れてはいないのである。頭で覚えたものは三日で忘れちまうくせに、体で覚えたことは忘れない。たとえば水泳とか、自転車の乗り方とかも同じ理屈であろう。てなことを考えながら調子に乗って一日を過ごし、ホテルに帰りついたとたん足腰が立たなくなった。

温泉につかり、ベッドで痛え痛えと唸《うな》っておるところに次々とファックスが飛来。明日の午後までに戻せというゲラの山である。ウンザリと眺めていると電話が鳴り、某誌連載インタヴューの開始。危いことはやめて下さいと泣いて止めたのは、いったいどこのどいつらであろう。受話器を置いたとたんアホらしくなって寝てしまった。

早朝、娘どもに叩き起こされる。おじさんはゲラがあるので君たちは勝手に滑ってらっしゃい、とはまさか言えず、ひそかにゲラの束をウェアのポケットに忍ばせてゲレンデへ。

無風晴天の日本晴れであったのは幸いである。ずいぶん忙しい思いをしてきたが、よもやアルプスを一望にするスキーリフトの上でゲラ校正をするなどとは思ってもいなかった。要するにもしこの日が吹雪であったのなら、某誌四月号に掲載予定の短篇はみごとに落ちちまっていたのである。この稿を読んだら担当編集者はさぞ冷や汗をかくことであろう。ちなみにこの短篇のタイトルは「ひなまつり」という。

短篇といっても原稿用紙で七十枚ばかりもあるから、校正もけっこう手がかかった。セッセと赤ペンを走らせるうちに、いつの間にかリフトを乗り継ぎ、咲花《さっか》ゲレンデから北尾根、さらにスカイラインコースを足下に眺めつつ黒菱《くろびし》の高みへ。よおし終わった、とゲラをウェアのふところにおさめた場所は、海抜1840メートル、泣く子も黙る八方尾根リーゼングラートのてっぺんであった。五竜岳《ごりゅうだけ》、唐松岳《からまつだけ》、白馬鑓《はくばやり》、杓子岳《しゃくしだけ》、白馬岳《しろうまだけ》――息を呑む大パノラマと同じ高さに私は立っていた。いや、景色なんかどうだっていいのである。ともかくここは第一ケルンよりもっと上で、昔はリフトも架かっていなかった。オリンピックの滑降だって、もっとずっと下からスタートするのである。

むろんスキーヤーの数もまばらで、むろんむろん、昆虫のような足をした四十六歳の小説家はいないのである。いてはならんのである。

景色を眺めるふりをしてビビッていると、八方池山荘（つまりてっぺんの山小屋）から冬山装備の山男が出てきて、「こんちわ」とか言った。どうやら尾根づたいに唐松岳をめざすらしい。

意を決して第一ケルンまで降りると、遭難者に手向《たむ》けられる花と供物が目に止まった。つまりそういうところなのであった。

黒菱を見下ろす急斜面は吹きっさらしのアイスバーンである。ゲレンデではなく、ただの氷の壁なのである。

「こえー、ここでコケたら止まらねえぞー！」

と、屈強な若者が言う。

「おっかねー、黒菱の下までまっさかさまだよなー。命ねーよなー」

二人の若者はエッジングも軽やかに滑り降りて行った。

おまえらはよい。俺だって二十年前ならコケずに降りた。しかし、四十六なのだ。ずっと締切に追われて、足は昆虫のごとく退化し、ギックリ腰と四十肩と座骨神経痛を患い、もののはずみでここまで来てしまったのだ。

とりあえず死ぬ前に、携帯電話でゲラを送ろうかと思ったが、縁起でもないのでやめた。「ひなまつり」という短篇の題名はいかにも遺作にふさわしい感じがした。そういえばこの間の「勇気凜凜ルリの色」のタイトルは「訣別について」であった……。

冗談半分めかして書いてはいるけれど、本当にこわかったのである。おっかなかったのである。だが「こえー」も「おっかねー」も言えないのが、四十六歳の男なのである。

とにもかくにも「ひなまつり」は絶筆とならずにすんだ。まずはめでたし、めでたし。

モチ肌について

自分で言うのも何だが、お肌には自信がある。

体育会系の所産か、はたまたサウナ効果か、日に二度三度という風呂好きのせいか、ともかく四十六歳のオヤジにしては世にも稀《まれ》なるモチ肌なのである。

匂いのするものは何でも嫌いなので、ローションの類いは使ったためしがない。ヒゲ剃りのあとも石鹸でバサバサと顔を洗い、そのままほっぽらかしである。おまけにヘビー・スモーカーで、慢性寝不足の不摂生にもかかわらず、お肌だけはなぜかいつもスベスベ、ツヤツヤなんである。

ほっぺたを引っ張ると十センチぐらい伸びる。ポテッとした腹回りなんぞ、てめえで触っていても掌がここちよく、ケツも鏡で見てうっとりとするぐらいかわゆい。

そのかわり、ちょっとのことで傷がつきやすい。虫に食われればたちまち大げさに腫《は》れてしまい、そこいらにコツンとぶつけると、たいてい青アザになる。ために猫の爪痕だけはいつも絶えない。

余談ではあるが、若い時分からこのお肌の感触だけは必ずと言っていいほど女性にほめられた。ただし、テクをほめられたためしはない。ほめられているんだかバカにされているんだかわからんが、ともかく肌触りだけはよろしいのだそうである。

ところで、気の毒なことにこのモチ肌は、ちかごろ満足にお天道様に当たっていなかった。朝早くパンチ君のおさんぽに出掛けたあとは書斎にたてこもり、たまの外出といえば夜の会食か新聞社の書評委員会で、週末の競馬もすっかり面が割れてしまってからは、太陽の降りそそぐパドックに立つということもできなくなった。

そんな私が、三日間もピーカンのスキー場におったのであるから、たまったものではない。

お肌のことなんか、全然考えていなかったのである。さしあたっての心配は昆虫のように退化してしまった両足をいかに折らずに過ごすかということで、第二の懸案は運動後の筋肉痛からいかに免れるかということであった。三日間、そのことばかりに心を摧《くだ》いていたのである。

かくて、とんでもない顔になってしまった。ただでさえナイーブなモチ肌は、情け容赦なくアルプスの紫外線に灼《や》かれ、こんがりローストを通り越してタドンになっちまったのであった。

雪灼けなんてナマナカなものではない。ヤケドである。しかもさらにまずいことには、頭部を保護するためにゲレンデでは終始毛糸の帽子を目深に冠っていたがために、眉の上にくっきりと陰陽の境界ができてしまったのであった。

このぶざまな顔をグラビアで紹介できぬのは無念である。はっきり言って、見られることは恥ずかしいけれど、見せられないのが無念なくらい、この顔はおかしい。

本稿でもしばしば書いている通り、私の頭は風船のようにデカい。しかもその巨頭がキッパリとハゲている。しかもしかも、そのハゲの巨頭が、ビビッドでブリリアントでシルキーなんである。

どうかそのあざやかな額が、一直線の陰陽で分かたれた顔というものを想像していただきたい。

てめえでも三秒とは見ておられぬほどおかしいのである。この顔をひとめ見て、猫も笑った。パンチ号は笑わずにサッと顔をそむけたので、こいつは礼儀を知っていると思ったら、後ろ姿の肩がふるえていた。

まあこんな顔になっても、めったに人前に出ることがないので問題はあるまいとタカをくくって帰宅したところ、スケジュールを見て慄然《りつぜん》とした。あくる土曜日曜と連続で、勇気凛凛ルリの色パート3『福音について』の出版記念サイン会が、都内と横浜の三ヵ所の書店で開催されるのであった。

　私の顔はタダでさえおかしい。そのおかしい顔の上半分が、ビビッドでブリリアントでシルキーなハゲのまんま、下半分が炭化している。タドンがサイン会をやったほうがまだマシだと私は思った。

　翌日は早起きをして、あれやこれやと手当てをした。熱い湯に顔をひたし、灼けた肌をこそぎ落とすように何度もヒゲを剃り、あげくの果ては軽石でこすってみた。多少はよくなったかと思いきや、ヤケドはさらに赤むくれてしまい、うんとおかしくなった。タドン変じて京劇の悪役であった。

　そうだ、灼けていないブリリアントな肌を黒く染めてみようと思った。そこで額に白髪染めを塗りたくってみたら、ただの怖い顔になった。これでは笑いごとではすまされぬ。

　いっそ開き直って、スキーウェアを着、毛糸の帽子を冠ってサイン会に臨むという手も考えた。『勇気凜凜』の読者に限定するのであればそれもよかろう。しかし発売後一年、いまだに奇跡の重版を重ねる『鉄道員《ぽっぽや》』九十万読者がその姿を見れば、少なからず裏切りを感ずることであろう。むろん『蒼穹の昴』五十万読者のために京劇の衣裳を着て登場するというのは、はしゃぎすぎの譏《そし》りを免れまい。

　そうこう思い悩むうちに時間切れとなり、私は車に迎えられてサイン会場へと向かった。ハイヤーの運転手さんだって笑ったのである。書店の通用口で私を出迎えた版元の担当編集者も販売部長も、ワッハッハと声を上げて笑ったのである。

気の毒なのは、ホストである書店員のみなさんであった。天下の紀伊國屋書店には矜持《きょうじ》がある。笑いを嚙みつぶす彼らの苦渋に満ちた表情には一様に、「これは夕ドンではない、昨年の直木賞作家なのだ」とおのれに言い聞かせる強い意志がみなぎっていた。

私は言いわけが嫌いである。あれこれと見苦しい言いわけをして誤解を避けるくらいなら、手間ひまかけずに腹を切って死んでやる。今は文弱の小説家ではあるが、かつては矜《ほこ》り高き陸上自衛官であったのだ。

しかし、このときばかりは言いわけをせずにはおられなかった。何となれば、版元の担当編集者は私の行動予定を随時把握しており、奇怪なる陰陽顔の来歴も知っているのであるが、書店の人たちやサイン会にいらした読者のみなさんは知らんのである。

かくかくしかじかと、私はこの顔のいわれについて、審《つまび》らかに語った。

さて、須臾《しゅゆ》ののちに私は、書店最上階のサイン会場に向かった。まずいことにそこは売場ではなく、ガラス窓からさんさんと春の陽射しの降りそそぐピロティーであった。しかも背後には白いパーティションが張りめぐらされており、肌の異様な黒さ、なかんずく額を横一文字に断ち割った陰陽の対比は瞭《あき》らかであった。白布を敷いたテーブルには、私の顔を寿《ことほ》ぐがごとく、春の花々が供えられてもいた。

すでに長蛇の列をなしていた読者の目が、いっせいに私の顔に向けられた。

席につくやいなや、私は書店の心配りに感謝をせねばならなかった。テーブルの端にハンドマイクが置かれていたのである。

「お待たせいたしました。これから浅田次郎さんのサイン会を始めさせていただきます。では浅田さん、ご挨拶をひとこと」

つまり私は、言いわけのチャンスを与えられたのである。まさに天の助けであった。

「えー、どうもお見苦しい顔を晒《さら》して申しわけありません。実は先日、スキーに行ってまいりまして、あとさきのことを考えずにハゲ隠しの帽子を冠っておりましたところ、連日よいお日和《ひより》で……」

こうして私は、すんでのところで窮地を脱したのであった。

笑いものになったのは同じだけれど、ことの顚末《てんまつ》を理解してもらえたのであるから、決して恥ではない。

「きょうのことは、〈週刊現代〉にちゃんと書きます」

と、私は言葉をしめくくった。

読者の喝采は温かかった。四十六歳の男のふしぎなモチ肌を、ひとつひとつの掌がぬくめてくれているような気がした。

ファンレターをたくさんいただいているのに、返事も出せなくてすみません。今は便箋よりも原稿用紙に字を書かなければならないので、あしからず。

望郷について

八日間の日程で中国東北地方を訪ねる旅に出た。大連《だいれん》に一泊、瀋陽《しんよう》に二泊、長春《ちょうしゅん》、ハルピンに各一泊、北京《ペキン》に二泊という旅程である。ただいま四日目の夜、かつて新京と呼ばれた旧満洲国の首都・長春のホテルでこの原稿を書いている。

旅の目的は、『蒼穹の昴』『珍妃の井戸』に続く中国近代史シリーズ第三部『中原《ちゅうげん》の虹』の取材である。第一部は一八九八年の戊戌《ぼじゅつ》の政変まで、第二部は一九〇〇年の義和団事件にまつわる物語、そしていよいよ第三部では清朝が倒れ、中国は群雄割拠《ぐんゆうかっきょ》の戦国時代へと入って行く。

とりあえず今年中に起稿はする。ただし、起稿というのは一行書いても起稿なのである。したがって本がいつ刊行されるのかと訊《き》かれても困る。

つまりこういうことをしょっちゅう言っているものだから、編集者たちが業《ごう》を煮やして私を満洲くんだりまで担ぎ出した、というわけだ。

いつものことであるが、海外旅行に際しては前倒しの原稿が山積する。とりわけ今回はまったく予断を許されぬ連日の締切が打ち続き、すべての仕事を片付けて車に乗ったとたん、原因不明の熱発をした。インフルエンザの再発のようでもあり、花粉症のようでもあり、ダルマのように端座し続けていたがために体の節ぶしも痛く、クソが三日も出ておらぬかわりに痔が出、おそらく満洲のどこかで四度目の霍乱《かくらん》に見舞われるのは必定《ひつじょう》と思われた。

ところが、飛行機の中でウンウン唸っていたにもかかわらず、大連空港に降り立ったとたんあらふしぎ、カラッと気分が晴れちまったのである。

かつて満洲と呼ばれた中国東北部への旅は積年の夢であった。

望郷の念、などと言えばこの地でご苦労をなさった方々には失礼であろうと思うが、いつか満洲を舞台にした小説を書きたいと希《ねが》い続けてきた私にとって、そこはまさに望郷の地であった。

ガイドの話によれば、中国東北部を訪れる日本人観光客は、この数年めっきり少なくなったそうである。つまり、望郷の旅をなさる方々がそれだけお齢を召してしまった、ということなのであろう。たしかにこの地方の気候風土や交通宿泊の便は、ご年配の方にとっては厳しいものがある。

そして、望郷の旅が一段落するのを見計らったかのように、東北はすさまじい勢いで変容し始めていた。

現在は「大連賓館」の名で呼ばれる旧大連ヤマトホテルの屋上に立つと、円形の中山広場が一望に見渡せる。

旧関東州警察署、旧朝鮮銀行、旧中央通信局、旧横浜正金、旧ヤングクラブ、旧東拓ビル、旧大連市役所と、広場を囲む建物はみな戦前のままで、ホテルの背後には旧満鉄大連病院もそっくりそのままの姿で建っている。

しかし広場から放射状に延びる道路のあちこちには、目を瞠《みは》るほどの大厦《たいか》高楼がそそり立つ。大連を北方の香港に、というスローガンのもとに、かつての街並はあとかたもなく消え去ろうとしているのである。

繁華街を歩けば、道路には二階建てバスやベンツが走り回り、おしゃれな若者たちが手に携帯電話機を握って行きかい、まさしく香港にいるような錯覚さえ起こす。このままあと二、三年もたてば、スローガンはほとんど実現されてしまうであろう、という気がした。

さて、その夜——。

私にもとより他意はなかったのである。病み上がりの身であちこち歩き回り、本当にくたくたに疲れ果てて、他意なくマッサージを呼んだのである。

むろんここでいう「他意」とは、「いかがわしい気持ち」のことである。

ふつう中国のホテルでマッサージを頼むと、いかにもツボを心得た達人ふうのおじさんかおばさんが来る。少なくとも何度かの旅で、私はそういう人たちのお世話になっていた。だからいかに大連が変容しつつあるといっても、まさか「他意ある」マッサージがやってこようとは夢にも思ってはいなかったのである。

ノックの音に目覚めてドアを開けると、旧ヤマトホテルのほの暗い廊下に、およそ似つかわしからぬ妙齢の小姐《シャオジエ》が立っていた。

「你好《ニーハオ》！」

「ニ、ニ、ニーハオ……」

そのいかがわしさはひとめでわかるのである。ショート・ヘアを茶色に染め、念入りに化粧をし、体の線がくっきりとあらわなニットのワンピースを着ていた。それはまあ、「変容」のうちと考えてもよい。しかしツボを心得たマッサージ師が、なぜ爪を伸ばしているのだ。しかもその爪には、真赤なマニキュアが塗られているではないか。

ここで、今さらのようではあるがまことに意外な告白をしておく。

実は私、女性を金でどうこうするという遊びが生来苦手なのである。その証拠に、本稿もあからさまな行状を書きつらねつつ回を重ねておるにもかかわらず、その手の話はいっぺんもない。そりゃあもちろん、若い時分には人並の遊びはした。しかしそれとて、ミエとか付き合いの結果だったのである。どうか四十六にもなって、お国を何百里も離れた旧満洲のホテルではからずもその手の女性を呼んでしまった私の狼狽ぶりを想像していただきたい。

小姐は戸口でにっこりと笑い、私を室内に押しこむようにしてドアを閉めた。

かくかくしかじか、私は体を揉んでいただきたいだけなので、その他のお仕事には応じかねます、なんて難しい中国語が話せるわけもない。とっさに思い浮かんだ言葉は、「対不起《トエプチー》」だけなのであった。

「ごめんなさい、対不起」

小姐は意味がわからんらしく、白い掌をスッとベッドに向けた。

「対不起、対不起」

考えてみれば、あやまるのも妙である。そこで私は、まず自分の肩と腰をトントンと叩き、すかさずベッドに俯伏せに寝た。ええと、「マッサージ」は中国語で何というのであろう。まさかとは思いつつ「按摩《あんま》、按摩」と連呼してみた。

意外なことに、それが通じたのである。のちに辞書を引いてみたら、「マッサージ」は「按摩《アンモー》」なのであった。

女はしばらく考えるふうをし、それから仕方なさそうに私の体を揉み始めた。

当然のことながら、小姐のマッサージはこのうえなくヘタクソであった。なにせ両掌の爪が魔女のように長いのである。ということは「指圧」はいっさいできず、ただひたすら掌で肌をこすり続け、体じゅうを叩き続けるだけなのであった。どうやら私の「対不起」の意味がわかったらしかった。彼女はひたすら私の背中や足を叩き続け、私もまた痛いだけのマッサージによく耐えた。

何だか意味不明の四十五分間が過ぎ、勘定を払って小姐を帰したあとフト考えた。香港返還を起爆剤にして、中国はすさまじい勢いで変容している。高層ビルが建ち、ベンツが走り、携帯電話機が横行しているのだから、そのほかのものもさまざま変わっているのにちがいない。おそらくはわれわれ旅行者の気付かぬ部分で、中国は変わり続けているのである。

ところで――。

きょうは瀋陽から五時間も列車に揺られてここ長春にやってきた。背中はパンパンに張っており、旅もなかばとなればマッサージを呼びたい気持ちは切実である。

ホテルの案内書を読めば、マッサージは二十四時間呼ぶことができるらしい。この二十四時間というのが、何となく怪しい。

ツボをよく心得たおばあさんがきて、体を揉みながら旧《ふる》きよき満洲の話でも聞かせてはくれまいか。

ふたたび方向オンチについて

才色兼備の辣腕《らつわん》編集者C女史が実はどうしようもない方向オンチであるという話は、かつて本稿に書いた。(勇気凜凜ルリの色第3巻・『福音について』所収)

その稿はたいそう評判がよく、あちこちに紹介されたり、ラジオで朗読されたりもし、ために女史の出版業界におけるイメージはあとかたもなく変質してしまったらしい。ああいうことは二度と書いてくれるなと泣くので、むろん続きを書く。

ところで、私は自分で言うのも何だが方向感覚には自信がある。金銭感覚と同じくらい自信がある。かつては陸上自衛官として涯《はて》もない山川を跋渉《ばっしょう》し、除隊後は路頭に迷い続けておったので、ほとんど動物的におのれの座標とベクトルとを感知することができるのである。

この点についてはー種の特殊技能とも言ってよろしいかと思う。

当然、私にとって女史はいじめがいがあるのである。打ち合わせに際してはつとめて難しい街なかの喫茶店等を指定し、あるいは取材中に突然姿をくらましたりする。すると女史はたちまちパックマン状態になり、パニクリながら路上を右往左往する。これを巧みに携帯電話で操りつつ観察するのがたまらなくおかしい。

ところが、である。昨秋取材のためパリに同行した折、ふしぎなことが起こった。

当初の予定によれば、女史をサンジェルマン・ドゥ・プレあたりの雑踏に孤立させ、こっそり後をつけてやろうと思った。で、滞在中に何度も実行したのである。しかしなぜか、女史は一度もパックマンにはならず、私より先にホテルに戻って、「勝手な行動は慎しんで下さい。よろしいですね♠」とか言うのである。時には現地ガイドに先んじてサクサクと道案内などもし、複雑な街路をものともせずに一行をエスコートした。

面妖《めんよう》である。いまだに銀座の地理すらわからぬ人間が、なにゆえパリで迷わぬのであろう。なぜだと訊けば、「オーホッホ、わたくし前世はマリー・アントワネットでしたのよ」などとうそぶく。

種明かしは簡単であった。つまり女史は常に観光ガイドブックを所持していたのである。正確な地図があれば勘を働かせる必要がない。ましてや聡明な女史のことであるから、教科書を学習する要領でまことテキパキと見知らぬ町を歩き回ることができるのである。

さて――この事実はしばしば私を考えこませた。

私の長年にわたる人物観察によると、女性は総じて方向オンチである。その点男性は多かれ少なかれ体内磁石を持っている。

ためしにこんな実験をしてみるとよい。地下の酒場などで、「北はどっちだ」と訊ねると、男性は概《おおむ》ね本能的に北を指さすことができる。しかし女性はほとんどこれができない。

このふしぎな現象にあえて理由をつけるとするなら、こういうことになろう。つまり、男性はもともと巣を離れて猟に出、獲物を捕えてまた巣に戻る。したがって頭のどこかに方向や座標を感知する機能を持っているのである。一方の女性は日がな巣にこもって子供を産み育てるのが役割なので、その機能を必要としない。種の保存のために男性は生まれつきの方向感覚を有しており、女性は学習によってしかそれを身につけることができないのではなかろうか。

もし私のこの仮説が本当ならば、猟に出る女性、すなわち働く女性はそれぞれの職場でずいぶん苦労をしていることになるのだが。

ここで話は秋のパリから春浅き中国東北地方へと飛ぶ。

ハルピン市は松花江のほとり、発展する中国の中にあっても今なお旧《ふる》きよき満洲の面影をとどめる、美しい街である。このたびの取材旅行は、大連、瀋陽、長春とめぐり、このハルピンを北限として北京に戻るという日程であった。

中国の気候は暦に忠実で、三月下旬の旅は思いのほか暖かかったが、さすがにハルピンの風は身を切るように冷たかった。

青空に氷の屑が舞う市街を案内して下さったのは朴《パク》さんという妙齢の女性ガイドである。色白で美しく、笑うと目が榛《はしばみ》の実の形に細まってとても愛くるしかった。もちろん中国人の日本語ガイドという職業はスーパー・エリートで、愛らしい表情の底には硬質の知性が輝いていた。

どのような質問にも彼女は決してとまどうことなく、正確な日本語で答えてくれた。

「キタイスカヤ、とは契丹《きったん》人の街という意味のロシア語ですね。もともとハルピンはロシア人の造った街で、革命後には国を追われた白系ロシア人が住みつきました。満洲国時代にもその数は日本人よりずっと多かったのですよ。それに、白系ロシア人は貴族や資産家が多かったから、ハルピンはこんなに優雅な街に発展したのです。現在は繊維関係とか衣料品が主な産業ですね。日本との合弁工場もたくさんあります」

とまあ、こんな調子である。朴さんは服装もおシャレで、スパッツに革の半コートを羽織り、さっそうと街なかを歩くさまなどはまさしく選良中の選良というふうであった。

市内観光を一通りおえたあと、お買物をしようということになり、朴さんと連れ立って街に出た。

「秋林《チューリン》百貨店《デパート》は旧満洲時代と同じ名前で、南崗街の同じ場所にあります。建物もそのままですね。もちろん今は国営のデパートですけれど」

買物をおえて地下街におりた。ハルピンは真冬には氷点下二十度にもなるので、長大な地下街が張りめぐらされている。それぞれ「香港街」「東京街」などという名称がつけられ、ぎっしりと並んだ店はほとんどが衣料品店であった。

人ごみに揉まれながら地下街を歩いているうち、朴さんが突然パックマンになっちゃったのである。

たしかハルピン生まれのハルピン育ちだと言っていた。いくら長大な地下街とはいえ、生まれ育った街なかで迷子になるはずはあるまい。しかし朴さんは複雑に入り組んだ地下道をウロウロと歩き回り、顔色も心なしか青ざめ、しまいには日本語もしゃべれなくなってしまったのである。

「我《ウォー》〜〜迷《ミー》〜〜路《ルー》〜〜了《ラー》〜〜」

「えっ、道に迷った？　落ちつけ、朴さん。よおく考えてみろ」

「这《チョー》〜〜儿《ル》是《シー》〜〜哪《ナー》〜〜儿《ル》？　……」

「こ、ここはどこだって、俺に聞かれても困る。ええと、北はこっちだから、ホテルはたぶんこの方角」

「是《シー》〜〜这《チョー》〜〜个《コー》〜〜方《ファン》〜〜向嗎《シアンマ》〜〜」

「こっちの方かって……うん、たぶんそうだよ」

私には自信があった。いったい中国の道というものは曲線がなく、しかもたいていは正確に東西南北を結んでいる。

「請跟我来《チンゲンウオライ》。ついてこい、朴さん」

「対不起《トエプチー》〜〜」

「没事儿《メイシャール》。気にするな朴さん。これは決して君のガイドとしての資質をおびやかすものではない。きょうは土曜日で人出も多い。道に迷うのは当たり前だ」

「謝謝《シエシエ》〜〜你的好意《ニーダハオイ》〜〜」

「哪里哪里《ナーリナーリ》。どういたしまして」

他意なくつないだ朴さんの手は、少女のように柔らかく、温かかった。

歩きながらふとこんなことを考えた。雇用機会均等法の施行以来、女性は社会で大活躍をし、そのぶん男は弱くなった。はなから男女が同権である共産中国では、さらに如実であろう。しかし、男性が女性にすべてを委《ゆだ》ねてはならない。いかな場合においても、男性は女性を庇護《ひご》する責任を放棄してはならない。少なくとも神は、男性にのみ狩に出て獲物を捕え、それを巣に持ち帰る能力を授けたのである。

地下道を抜け出ると、ハルピンの青空には氷の屑が舞っていた。ポプラの街路樹の下で私の手をほどくと、朴さんは正確な日本語で「ありがとうございました」と言った。

懸命に働く女性の姿は頼もしく、また美しいが、おろおろととまどう女性はたまらなく可愛い。そしてその愛らしさが、決して働く女性の尊厳を傷つけることはない。

遥かなる鉄路について

「呉美林《ウーメイリン》」という名は、日本人ならばさしずめ「白鳥麗子」とでもいうふうな、たおやかなる美女の名前である。

だがその名の持ち主は、昔日《せきじつ》の隆々たる筋骨をしのばせる、巨漢の老人であった。

呉さんと出会ったのは長春からハルピンへと向かう軟座車の車内である。軟座車というのはいわゆるグリーン車のことで、日本のそれとは較ぶるべくもないが、ともかく板張りベンチの硬座車とはちがい、クロス張りのシートになっている。乗客はすべて軍人か、様子のよいビジネスマンであった。

「私は旧満鉄時代から鉄道ひとすじに勤め上げたので、軟座車はフリーパスなのです」と、呉さんは誇らしげにその証明書を見せた。

それがたまたま向かいの席に座った彼の、自己紹介だった。

日本から同行したガイドのNさんがとても上手な中国語を使うので、はじめは私たち一行を広東か香港から来た旅行者だと思ったらしい。

「不《プー》、我是日本人《ウォーシーリーベンレン》」

と答えたとたん、呉さんはでっぷりと肥えた体をのけぞらせて、大仰《おおぎょう》に驚いた。

「日本《リーベン》！」

近ごろでは中国東北のそのあたりまで足を延ばす日本人観光客は珍しいのである。呉さんは赤ら顔を上気させて、私たちひとりひとりに握手を求めた。

愛らしい女の子が、呉さんの膝にまとわりついていた。おもかげは祖父に似ている。まるで孫娘に教え聞かせるように、呉さんは遠い昔に習い覚えた日本語を口にした。

「ア、イ、ウ、エ、オ。カ、キ、ク、ケ、コ。オハヨウゴザイマス。コンチワ。サヨナラ、マタアシタ」

呉さんは忘れかけた歌を唄うように、何度もくり返した。

遥かな地平線に、蜃気楼《しんきろう》のようなポプラ並木が続く。線路の左右には数キロごとに、旧日本軍の残したトーチカが眠っていた。

涯《はて》しもない黄色の大地である。

「十三歳で満鉄に入りました。戦後は日本軍に協力した『漢奸《かんかん》』と呼ばれて、ずいぶんひどい目にあった。でも生涯をこの鉄道とともに過ごすことができて、今はこうして軟座車に乗っています」

Nさんは正確に、呉さんの言葉を通訳してくれた。

「みなさんには知っておいてほしいことがたくさんあるのだけれど、聞いて下さいますか」

礼儀正しい前置きをして、呉さんは諭《さと》すように語り始めた。

長春の郊外に、その昔ひどい実験をする日本軍の部隊があった。そこに連れて行かれた中国人はひとりも帰ってこなかった。健康な人の体に黴菌《ばいきん》を注射したり、生きたまま解剖したり。

その話は日本人もみな知っています、と私は言い返そうとして、口をつぐんだ。知っていることでも、この人の口から聞かねばならないと思った。

同行の寡黙《かもく》な老人にかわって、呉さんは言った。

「この人のおかあさんも、そこで殺されたんです。真冬に裸で縛りつけられて、零下十度、二十度、三十度、四十五度で亡くなったと、後で聞かされた。日本軍の下働きをしていた近所の人がね、そっと教えてくれたのです」

やめなさいよ、と柔和で寡黙な老人は呉さんをたしなめた。

「でも日本人は立派な建物をたくさん建てて、道路も鉄道も整備してくれた。長春の町は美しかったでしょう。敷石は一メートルの厚さがあって、電線もみんなその下に埋められているのです」

かつて新京と呼ばれた旧満洲国の首都長春は、たしかに美しい町だった。王道楽土や五族共和といった国家的スローガンが、果たしてどこまで人類の歴史に対して誠実なものであったかは、今となってはむろん疑わしいのだが、ともあれその都に誠実な夢を賭けた日本人も大勢いたはずである。

呉さんは言うにつくせぬ恨み憎しみとはべつに、その誠実さを理解して下さっていた。

「日本人の作ったものは、五十年、六十年たってもビクともしない。たぶんこのさき、百年、二百年たってもね」

呉さんは生涯を捧げた遥かなる鉄路を、まばゆげに見つめた。沿線の左右数十メートルに、芽吹き始めたポプラ並木が続く。それは大連からずっと、絶えることなく線路に沿って続いていた。

「初めは、あの並木のところまでが満鉄の土地でした。日本の権利ですね。そのうちどういうわけか境界がなくなって、ぜんぶ日本になった。ポプラはただの並木になってしまった」

しばらくの間、孫娘と遊んでから、呉さんはふいに言った。

「満鉄に入ったころ、日本人によく叩かれました。このくらいの太い棒きれでね、尻をいやというほどぶつんですよ。バカヤロー、って。バカヤロー、バカヤロー、バカヤロー。意味がわからなかった。いえ、叩かれた意味ではなく、バカヤローという言葉の意味がわからなかった。今もよくわからない。バカヤロー、って、どういう意味ですか」

答えようはなかった。「バカヤロー」は私たちの暮らしの中でも日常性があるのだから、それを使用した日本人たちにべつだんの他意はなかったのかもしれない。しかし、同じ人間だと思っていれば、「バカヤロー」と口にこそすれ、馬や鹿のように中国人の少年を殴りつけることはできまい。

たぶん呉さんは、その意味を承知で私たちに訊ねたのだと思う。

中国人は元来が平和的な民族である。総じておしゃべりで感情的だから、町なかでも口喧嘩はよく見かける。しかし、たびたび中国を旅して、暴力沙汰というものをついぞ見たためしがない。

あれだけ膨大な人口の犇《ひし》めき合う町なかで、口々に怒鳴り合い罵《のの》り合いながら、中国人はけっして手を上げることがない。

「殴られた痛みはとうに忘れてしまいましたが、あのバカヤローという声は今も耳について離れない。いやな言葉ですね。若い人たちには、昔の話はよく聞かせますよ。でも、バカヤローという言葉は教えない。そんなもの、覚えても仕方がないからね」

列車がハルピンに近付くころ、大いなる地平に夕陽が沈んだ。それは古い歌の文句にあるような赤い夕陽ではなく、黄砂の帳《とばり》の向こうの、銀色の月のような落日だった。

満洲のたそがれには、真赤なそれよりも穏やかに光を失って沈む夕陽のほうがよく似合う。

呉美林さんと名も知らぬ寡黙な老人は、ハルピンに近い小駅で列車を降りた。別れぎわに孫娘を抱き上げ、この人たちが「日本人《リーベンレン》」だよと、私たちのひとりひとりに微笑みかけた。

「ア、イ、ウ、エ、オ。カ、キ、ク、ケ、コ。オハヨウゴザイマス。コンチワ。サヨナラ、マタアシタ」

呉さんは、バカヤローと罵ったかつての日本人を、子や孫に語り伝えようとはしない。言うにつくせぬ怒りや悲しみは鋼鉄の箱の中に収めて、この人たちが「日本人」なのだよと、孫娘に教えてくれた。

それは、遥かなる鉄路に生きた、もうひとりの鉄道員《ぽっぽや》の姿だった。

たくましい掌を握ったとき、私にはどうしても言いたいことがあった。

僕はあなたと同じ職業を全《まっと》うした日本人を知っています。心をこめて物語に書きました。いつか中国語に翻訳されたなら、ぜひ読んで下さい、と。

もちろん言葉にはならなかった。

〈ポッポヤはどんなときだって涙のかわりに笛を吹き、げんこのかわりに旗を振り、大声でわめくかわりに、喚呼の裏声を絞らなければならないのだった〉

満洲の遥かな鉄路を守り続けたもうひとりのポッポヤに、私は胸の中でお気に入りのフレーズを捧げた。

呉美林さんの掌は、私がそれまで出会ったどのような傑物のそれよりも温かく、また巨《おお》きかった。

ニューヨークについて

ある朝フト目覚めてみると、眼下に地平まで続くかと思われる若葉の森が拡がっていた。真青な空の裾は鴇色《ときいろ》の帯を解いた朝焼けで、緑の森の左右の縁には古く優雅な摩天楼がつらなっている。

真四角の巨大なベッドの上で、ああ俺は黄砂の降る北京《ペキン》から新緑のニューヨークへと瞬間的にワープしたのだな、と思った。

ニューヨーク！

私はベッドからはね起きた。何だかよくはわからんが、ともかくニューヨークにいるのである。時刻はまだ朝の七時前だというのに、車の騒音がホテルの窓にまで駆け上がってくる。セントラル・パークの繁みを縫ってジョギングをする人の姿が見える。

そもそも、ディープかつレアな中国東北旅行から中十日の連投でニューヨーク、というスケジュールに無理があった。押しと前倒しの原稿に追いまくられ、とうとうニューヨーク行の機内でも一睡もせずに、単行本のゲラ校正をしてしまった。

かくてホテルに着いたとたん人事不省の眠りに落ち、国籍不明自己不在のまま目覚めたというわけだ。

幼少のみぎりより、朱に交わればたちまち赤くなるカメレオン的都会人の典型である私は、つい十日前までは満洲馬賊であった。自らに課したコンセプトは、大頭目張作霖《チャンツォリン》の子分「浅大哥《チエンターコオ》」つまり「浅兄ィ」である。

セントラル・パークの緑を見下ろしているうちに皮膚の色が変わってきた。

長いこと特派員として北京におり、三十年ぶりでマンハッタンに帰ってきたニューヨーク・タイムズの記者、トーマス・E・バートン。これでどうだ！

実は私、アメリカといえばおよそ四半世紀前にハワイに行ったきり、むろんニューヨークは初めてである。

しかしどういうわけか、この町は違和感がない。なぜか異邦人という気がしない。そんな自分をふしぎに思いつつ五番街の目抜きを歩きながら考えついた。

つまり、ニューヨークと東京は双児《ふたご》なのである。おそらく戦前のはるかな昔から、東京はニューヨークを強く意識して町造りをしており、戦後の占領政策の結果、今や「東洋のニューヨーク」になっているのではなかろうか。私はそこに生まれ、そこに育ったのである。ニューヨークの第一印象は、「背の高い東京」「パワフルでダイナミックな東京」であった。

もうひとつの親和感の原因は、言葉であろう。むろん私は英語など満足にはしゃべれないけれども、ともかく子供のころからずっと学校教育は受けてきたので、何とかカタコトでも意思は通じる。また、レストランやカフェに入っても、メニューが理解できる。ひとり歩きをしていても看板が読めるから、迷子になる心配がない。これは安心である。英国を除くヨーロッパでは、この安心感を味わうことはまずできない。

われわれ日本人、ことに戦後教育を受けた世代の日本人は、実は「ニューヨーク文化圏」の中に生まれ育ったのである。

ニューヨーク！

では翻《ひるがえ》って思うに、現代の日本人とアメリカ人とではいったいどこが違うのかというと、これは一言で言える。アメリカ人はともかくわかりやすい。

たとえば私の宿泊先であるエセックス・ハウスの並びに、かの有名なプラザ・ホテルがある。ニューヨークの中の華麗なるヨーロッパと謳《うた》われるそのホテルは、パリのリッツとクリヨンを縦に積み重ねたような代物で、これはすごい。

ちなみに、『ティファニーで朝食を』でヘップバーンがパトロン探しに熱中したのはここのバンケット・ルーム。『北北西に進路を取れ』でケーリー・グラントが誘拐されたのも、プラザのオークバーだった。

パリのリッツやクリヨンの外見はほとんど古い宮殿で、それらが名だたるホテルであるとは下々の観光客では気付かない。しかしニューヨークのプラザは「俺がプラザだ」と主張している。わかりやすい。いかにも来る者こばまずという感じで、伝統や格式というより高級であることそのものがステータスなのである。ものすごくわかりやすい。

さて、このプラザ・ホテルの正面には、必ず星条旗に並んでどこかの国の旗が翻っている。それも応援団が持つような、バカでかい国旗である。常識で考えれば、ああ今日はプラザにその国のVIPが宿泊しているのだな、と思うのだが、実はそうではない。ガイドの説明によると、「最も料金の高い部屋に宿泊した客の国旗を飾る」のだそうだ。

ううむ、わかりやすい。わかりやすすぎておかしくなるぐらいわかりやすい。ちなみに、私が到着した翌日の国旗は「オマーン」で、その翌る日は「アラブ首長国連邦」であった。なるほどこのお客さんもわかりやすい。

ならばこの際、全財産を抛《なげう》ち、全印税を前借りして、プラザの正面に日章旗を飾ってみたいとの衝動にかられた。ただいま同行の「週刊現代」編集者がウンザリとした顔でプラザに向かい、「一日だけ日章旗を飾る料金」を調査中である。

思うに、こういうアメリカのわかりやすさを日本の社会が受け容れないのはなぜであろう。

むろん私は、「力こそ正義、富こそ幸福」というアメリカ流合理主義を讃美するわけではないが、「権力は悪、蓄財は不善」とする日本人のモラルには異論がある。少なくとも前途ある青少年には、力のすばらしさ、富のありがたさを正当に教えるべきであろう。子供はみな公平な天才であるのだから、生まれついた境遇のいかんにかかわらず、わかりやすいサクセス・ストーリーを思い描く権利があると思う。その自由な権利を奪うのは、日本という国のわかりづらいモラルなのである。

かくて、サクセス・ストーリーなき日本の子らは、長じて悪い権力者となり、不善を働きつつ蓄財をなす。

日本国憲法の理想を社会に実現しようとすれば、教育の方法はそれしかないのかもしれないが、その結果実現した現在の日本が、実は「偉大なる社会主義国家」に他ならぬということを、人の親となった戦後世代のわれわれは深く認識しなければなるまい。

ところで、アメリカはかようにわかりやすい国なのだが、あまりにわかりやすすぎてバカバカしいと思うこともある。

たとえば、入国に際して記入を求められた書類に、このような設問があった。

A. あなたは麻薬常習者ですか？

B. 犯罪活動あるいは不道徳な性行為を行うために米国へ入国しようとしていますか？

C. 今までに、あるいは現在、スパイ行為、サボタージュ、テロリスト活動もしくは集団虐殺に従事、参加したことがありますか、あるいはしていますか。１９３３年から１９４５年の間に、いかなる形であれドイツ・ナチ政府やその同盟関係諸国に関連して迫害に参加していましたか？

D. 不正手段または虚偽申告によって米国への査証の取得または米国への入国を試みたことはありますか？

E. 親権を与えられている米国市民からその被親権者を拘束したり引き留めたりしたことがありますか？

これらの設問には「はい」「いいえ」で答えねばならず、またごていねいなことに「重要事項」として、「これらのいずれかに該当する場合には米国到着後に入国を拒否される可能性がありますので、米国への渡航前に米国大使館に連絡して下さい」とある。

機内でこの書類を渡されたとき、私ははからずも深く懊悩《おうのう》してしまったのであった。ちなみに私は、簡単な質問ほど深く考えこんでしまう癖がある。ためにここだけの話だが、仮免のペーパー・テストを三回も落ちた。

麻薬常習者ではないがヘビー・スモーカーである。もしかしたらこの項は、そういう意味なのかと思った。で、さんざ悩んだ末に「いいえ」に○をつけ、「煙草、一日六十本」と小さく但し書を添えた。

「犯罪活動」はしない。しかし「性行為」を行わぬかどうかは保証の限りではない。問題はどこまでが「不道徳」かどうか……。

「スパイ行為」「サボタージュ」「テロリスト活動」「集団虐殺」は小説家の仕事である。

また一九三三年から一九四五年の間にドイツ・ナチ政府とかかわったわけはないけれど、「同盟関係諸国」と言われれば、たぶん亡きオヤジは迫害に参加したと思う。

結局、自信を持って「いいえ」と言えたのはDとEだけであった。Eについてはしばらくどういう意味かと考えたが、要するに「子供を誘拐したことがあるか」ということなのであろう。

何ともはや、こういう書類をいちいち書かせるアメリカという国は、バカバカしいほどわかりやすい。

そうこうしているうちに今しがた、私の密命を受けた編集者が、ウンザリとした顔でプラザ・ホテルから帰ってきた。

ここで、わが国の健全なる青少年育成のために、私財を抛って「一旗上げてやる」とお考えの方に、プラザ・ホテルの正面に日章旗を掲げるお値段をご報告しておこう。

ニューヨーク・プラザ・ホテル、最上階（十八階）ペントハウス、プレジデンシャル・スイートのルーム・チャージは、四月十九日現在の季節料金で一泊五五〇〇ドル。邦貨にしておよそ七一万五〇〇〇円。

なお、このプレジデンシャル・スイートをご利用になられたお客様にかぎり、「ご要望により国旗を掲げる」とのことである。

値段はともかく、この「ご要望」には勇気が要る。つまり、この勇気のなさ、自分の存在を誇ることの背徳感こそが、日本人なのであろう。

「あの、浅田さん。とりあえず最終日に予約入れちゃいましたけど、いいですか」

と、編集者。

「……して、支払いは？」

「ハハッ、冗談は顔だけにして下さい。もちろん自腹でお願いします」

「ほう……」

これより編集者の首を絞め、エセックス・ハウスの窓からつき落とそうと思う。

それにしても、セントラル・パークの新緑の目にしみる青さよ。

ディス・イズ・ニューヨーク！

ジャパニーズ・ドリームについて

去年は著作がたいそう売れて、私は一躍大金持ちになった。

と思いきや、そのお金は家のローンを返す間もなく、いやひとめ拝む間すらなく、あらかたがどこかへ消えてしまった。

競馬で大敗したわけではない。大買物をした覚えはなく、買物をする時間もなかった。度重なる取材旅行はむろん版元各社のお世話になっており、その他なんら贅沢をした記憶もなく、ただひたすら座椅子に寝起きしてセッセと原稿を書いているうちに、ある日突然貧乏になっちまったのであった。

しかも、その消え方というのが余りにもあっけなかった。思い起こせば四月のなかば、私がブロードウェイでミュージカルを見ている間に、あろうことか郊外に庭付き一戸建が買えるくらいの金、都心に4LDK豪華マンションが買えるくらいのお金が、わが銀行口座から煙のごとく消えたのであった。

「こういうことをエッセイなんかに書くと、のちのちタメになりませんからね」と税理士は言っていたが、この際わが身を省みずに書くことにする。

六五パーセントという最高税率は、ひどいと思う。むごいと思う。グローバル・スタンダードなどという理屈は言わない。汗水流して、座椅子に寝起きし、過労性貧血でしばしば救急車の世話になってまで稼いだお金が六五パーセントも税金として召し上げられるのはひどい。ひどすぎる。

江戸時代の封建制度下ですら、年貢には「五公五民」という原則があって、これが崩れれば一揆が起こったのである。一生懸命に働くことそのものにペナルティーを科すような税制は、ちっとも公平ではないと私は思う。

あえてグローバルな見地から言えば、アメリカの最高税率はニューヨーク州の場合で四六・四五パーセント、イギリスの場合は四〇パーセントで、しかも地方税がない。六五パーセントの税率はおそらく、ぶっちぎりの世界一であろう。

小説家になりたいがために、若い時分から犠牲にしてきたものは計り知れない。まさしく身命惜しまず、人と別れ、物を捨て、筆一本でジャパニーズ・ドリームをわが未来に実現させようと努力してきた結果がこれだと思えば、文化も文学もくそくらえ、という気分になる。

作曲家の小室哲哉さんは昨年四月にロサンゼルスに居宅を移し、今後は所得税の大半をアメリカ合衆国に納付するそうであるが、日米の税制の較差を考えた場合、けだし当然であろう。おそらくさほど遠からぬうちに、ベストセラー作家は全員海外に移住し、ファックスで仕事をすることになるのではなかろうか。

さて、ニューヨークでめでたく「ただの人」になった私は、ヤケクソでカジノに行った。大枚一万ドルをカジノで使っちまえという私の考えは、生来のセコい性格からするとまこと信じ難い。しかしその動機はものすげえ単純明快なのである。

銀行のお通帳を見ると、何だかわからんけど去年はたいそうお金を稼いだらしい。だがそんな大金は見たこともなければ触ったこともなく、実感もないうちに国庫へと消えた。ならばせめて一万ドル、この手で（すごく切実な表現であるが、まさにこの手で）握りしめ、勝とうが負けようが自由にしてみたいと思ったのである。

クジラのようなリムジンでハイウェイを走ること約二時間、アトランティック・シティはその名の通り大西洋を目前にした、美しい町であった。

つかの間の夢である。世界一の重税と世界一の物価を誇る国に生まれちまったのであるから、どんなにあくせく働いてもタカが知れている。帰国すればまた再び、お国のための重労働が私を待っている。せめて一夜、自分自身に消費の快感というやつを味わわせてやりたかった。

「シーザーズ」はラスベガスにある同名のカジノと同じ経営だそうな。巨大カジノのチェーン店というのはすごい。まさにアメリカである。

午後三時にチェック・イン。ホテルの部屋は目の覚めるようなオーシャン・フロントであるが、むろんこのベッドで眠ることはあるまい。手荷物を放り出し、一万ドルを握って階下のカジノへ。

エスカレーターを下って仰天した。デカい。むやみにデカい。ほとんど地平の果てまで続く鉄火場。しかも豪華。やみくもに豪華。そう、デカさとハデさこそが、アメリカ人の美徳なのである。はっきり言って私のセンスにピッタリ一致する。

「あの、浅田さん。なるたけ熱くならずに……」

と、埼玉県川越市出身の編集者は言った。

「てやんでい！　熱くならずにバクチが打《ぶ》てるかってんだ！」

ほとんど矢でも鉄砲でも持ってこいといった気分で、まずはスロット・マシンで運だめし。続いて、このごろアメリカのカジノでは大流行といわれるポーカー・ゲーム機に挑戦。いっとき日本のアングラ業界でも一世を風靡《ふうび》した代物である。

多少の散財をし、気分も高揚したところでルーレットへ。

――かくて翌朝七時、めでたく一万ドルは溶けた。

ニューヨークでの予定も詰まっているので、帰りのリムジンは九時半に来る。少しは寝るべいと部屋に入ったとたん、ズボンのポケットからしわくちゃの一〇〇ドル札が三枚出てきた。一万ドル使い果たしたあとの残りカスというのは、何とも後味が悪い。そこで再び、三〇〇ドルを握ってカジノに降りた。

みちみち、何となく予感がしたのである。私の人生はいつもそうなのだけれど、いわゆる「最後のカッパギ」が効く。もうダメという土壇場でアドレナリンが爆発し、奇跡の逆転劇が起こるのである。

時間もないことであるし、サッササとポーカー・ゲームの一〇ドルマシン（つまりワンコインが一三〇〇円という高レートのマシン）に座った。と、いきなり画面にフォーカードが並び、サイレンが鳴ったのである。

係員がやってきて、「コングラッチレーション！」と言った。何でも大当たりで一二五〇ドルの払い戻しなんだそうだ。

だがしかし、直後に揉めごとが起こった。説明によると、払い戻しは一二五〇ドルなのだが、三〇パーセントが税金、さらに三パーセントがニュージャージー州のタックス。つごう三三パーセントを差し引いて、八三七ドル五〇セントを支払う、というのだ。

私は激怒した。あったりまえである。なにゆえルーレットやバカラではいくら勝っても税金だなどとは言われぬのに、マシンが相手だとそうなるのだ。

「よし、わかった。ならばこうしよう。俺はこの勝ち分を一時所得として申告する。税金は俺が支払うから一二五〇ドルをよこせ」

この提案は拒否された。何でもマシンのカウントを税務署がチェックしており、カジノから税金を徴収するのだそうだ。つまり、カジノが税務署の仕事を代行して、いわば源泉控除をする。

「そこを頼む。何とか」

と私は泣きを入れた。むろんこの泣きは通用しなかった。お気持ちはわかりますが、そういうきまりなので、と礼儀正しい係員は言った。

「わかったよ。きまりなんだな。よおし、わかった」

はっきり言って私は負けず嫌いである。このきまりには久々に闘志が燃えた。払い戻された八三七ドル五〇セントは、失うつもりの一万ドルとは重みがちがう。

かくてそれからの二時間のうちに、私は全身全霊を尽くしてマシンに挑み、七〇〇〇ドルを引きずり出したのであった。

終わってみれば何のことはない、税金分だけキッチリ負けた。

もちろんそこでやめたのは、迎えの車が来たからではない。きまりに従っただけである。好きで打っているバクチなのであるから、楽しんだだけの税金は払う。三三パーセントは、決して法外な税率ではあるまい。

ふたたびジャパニーズ・ドリームについて

　先週号掲載の「ジャパニーズ・ドリームについて」の原稿を送ったあと、ニューヨーク取材に同行した埼玉県川越市出身の編集者F君から、断固たる抗議のファックスが届いた。

〈冠省　玉稿たいへん面白く拝読いたしました。ところで、アトランティック・シティの一夜についてのエッセイは、これだけでしょうか。作品を大切になさろうとする先生のお立場、また各社文芸担当編集者からの圧力等、ご事情はいろいろとおありでしょうが、できうればあの夜の出来事は今すこし詳細に、虚飾なくお書き願えればと思う次第であります。不肖、一介の週刊誌編集者ではありますが、本稿『勇気凜凜ルリの色』は、直木賞受賞作『鉄道員《ぽっぽや》』にまさるとも劣らぬ傑作であると信ずるがゆえ、あえて文芸編集者の方々に比肩《ひけん》する愚を承知でご助言させていただきます。つきましては、次回のタイトルは『ふたたびジャパニーズ・ドリームについて』ということで、よろしく。Y・F　拝〉

私信を独断で公開するのは、幼いころからの私の趣味である。非常識とか無節操とかではない。公明正大な性格なのである。

書面の内容は、笑わせる。しかし、泣かせる。そこで熟考の末、わが作家的生命を賭けて、あの夜の出来事を今すこし詳細に報告しようと思う。

そう、魔のポーカー・ゲーム機との、不眠不休十八時間におよぶ決戦の一部始終について。

いきなり信じ難いことを言うが、私はかつてポーカー・ゲーム機にハマり、家一軒分ぐらいの金を失ったという苦い経験を持つ。その機械が日本の闇社会を席捲《せっけん》した十数年前の話である。

しかし、自慢じゃないが私は、人生において「負けっぱなし」がない。ちなみに座右《ざゆう》の銘は、「勝利か、さもなくば死か」または「恩は水に流せ、恨みは岩に刻め」である。むろんこれらの本音は、サイン会や温泉旅館等で揮毫《きごう》を求められても書くわけはないが。

そこで、家一軒分の金を取り戻そうとした私は、ポーカー・ゲーム機の基板工場のありかをつきとめ、大暴れをしていくばくかの金をせしめ、ついでに数台の最新マシンをいただいてきた。むろんその機械はたちまち無辜《むこ》の市民のための娯楽に供され、私はほんの数ヵ月ののちに家三軒分ぐらいの利益を得たのであった。

この件はたぶん時効だと思うので、今となってはかまわんと思うのだが、文名を傷つけるおそれがあるので以上アッサリと書く。

要するに、同行のF君や講談社現地駐在員のY氏には黙っておったのであるが、私はポーカー・ゲーム機のプロフェッショナルであった。だからアトランティック・シティの巨大カジノで、スロット・マシンにもまさる同機の繁栄ぶりを見たとき、シメタ、と思ったのである。

まず、一コイン五十セントの低レート機を渡り歩き、数種類のマシンの中からかつて日本のブラック・マーケットで使用されていたソフトと同じものを発見した。

満を持して十ドル台に移動したのは深夜一時ごろであったと記憶するから、この作業にはおよそ十時間を費したことになる。その間F君は、負け続ける私をかたわらでハラハラと見守っていた。

悪い話なので詳細はさし控えるが、この種の台はあらかじめ設定が決まっているのである。勝てる設定とはツーペアやスリーカードの出現する確率ではなく、フォーカードとストレートフラッシュの出る確率であって、これが出れば機械はいったん打ち止めとなり、払い戻しを受けねばならない。つまり、ほとんどの「お遊び台」とごく一部の「勝たせる台」によって、ゲーム機のサークルは構成されている。したがって一度ジャック・ポットのサイレンを鳴らしたマシンを徹底的に攻撃すれば、まず大勝はまちがいないのである。

前回書いた通り、私はその高設定のマシンを発見する前に一万ドルちかくを負けてしまい、いったんはホテルの部屋に引きあげたのであるが、ポケットの中に残っていた三百ドルを握って再びカジノに舞い戻り、幸運にもラッキー・マシンに座った、というわけだ。

十ドルマシンで最初のフォーカードを出したのは、すでに朝の七時すぎであった。こうなるとあとは残り時間との戦いである。ニューヨークからの迎えのリムジンは九時半に来る。そのタイミングで、払い戻しの税金がどうのこうのと、時間を食うやりとりをしなければならなかったのである。もしやこれはカジノ側の時間稼ぎではなかろうかと私は疑った。

さりとて、大当たりの払い戻し金に国税と州税、しめて三三パーセントの源泉控除がされるのは納得がいかない。

しかも思うように言葉が通じない。あたりまえである。徴税のしくみについての不服申し立てなどという特殊な会話は、学校では教えてくれなかった。そのうえ私は花の高卒で、大学受験の敗因はことごとく英語であった。

ともかく日本語の話せるやつを連れてこいと言ったら、しばらくしてエディ・マーフィーそっくりのガードマンがやってきた。

何でもついこの間までエア・フォースにおり、横田基地に三年もいたのだそうだが、実はこのエディ、日本語は単語しかしゃべれないのであった。

「コングラッチレーション、ミスター・アサダ。日本ノ女、イイ女、ベリグー」

「そんなこと聞いてない！」

「日本ノケイバ、ベリーホット！　日本ノパチンコ、ベリーホット！」

「ちーがーうー！　ホワット・イズ・ディス。なんでジャック・ポットにタックスがかかるんだ。説明しろ、エディ！」

「ホワット？　……コングラッチレーション、ミスター・アサダ」

語学力のなさを暴露してしまったエディはすごすごと去り、やがて日系二世とおぼしきディーラーを連れて戻ってきた。

この男はけっこう流暢《りゅうちょう》な日本語を話した。と同時に、F君からの緊急電話で叩き起こされた講談社現地駐在員Y氏も到着。私は十人ぐらいに説得されて、しぶしぶこの納税システムを承諾させられたのであった。

かえすがえす言うけれど、勝負の局面が流動的だという理由だけで、ルーレットやブラック・ジャックの勝者に税金がかからないのはおかしい。配当がはっきりと確認できるマシンの大当たりにだけ三三パーセントの酷税が適用されるのはなぜだ。

はっきり言うと、取りやすいところから取るという徴税システムは不公平も甚だしい。よく考えてみよ。私はこのマシンを発見するために一万ドルのリスクを背負い、十時間もの検索を重ね、少なくともルーレットやブラック・ジャックのテーブルでのんびりと時を過ごしている客たちよりも、耐え難きを耐え、忍び難きを忍んで今ようやく、ジャック・ポットのサイレンを鳴らしたのだ。

「あの、浅田さん。何もそんなにムキにならなくたって、ほら、八百三十七ドル五十セント。税金を引かれてもこんなにあるじゃないですか」

私は編集者の首を絞め、その口にコインを押しこんだ。

そうじゃない。そんな簡単な話じゃないんだ。実はきのう、日本時間でいう平成十年四月十四日午前九時、俺の銀行口座からものすげえ大金が、煙のように消えてしまったんだ。この悔やしさがわかるか。いや、わかるまい。その金はたしかに去年俺が稼いだものだが、小説家という仕事はだな、十年も二十年も食うや食わずで、あらゆるものを捨て、大勢の人と別れながら、それでも生き残った者だけがやっとこさブレイクするんだ。その金は子供のころからずっと働きづめに働いて、ようやく去年払い戻してもらった金なんだ。そりゃ、取りやすいでしょうよ。必要経費なんて紙とペンだけで、収入はみんな銀行振込なんだから。

「浅田さん、なにも泣かなくたって……ほんとに負けず嫌いなんですねえ……」

少なくとも、ジャパニーズ・ドリームという言葉が死語であってはならないと私は思う。

ハワード・ヒューズもドナルド・トランプも出現しえない国は、ただの社会主義国家である。現行の税制は少年たちのかけがえのない夢と希望を打ち砕いている。

青春を返せとまでは言わぬが、せめて過去三十年間の平均課税はきかぬものかと……切に願う。

解《げ》脱《だつ》について

昨年の稼ぎをあらかた国庫に納めてしまい、あまつさえヤケクソで挑んだアトランティック・シティのカジノでもしこたま税金を取られ、失意のうちに帰国した週末、私はまた金持ちになった。

第二回東京競馬五日目、第十一レースの青葉賞において、馬番連複一万九五四〇円の万馬券をモロに的中させたのである。

どの程度のモロであったかは言わない。言いたいけど言わない。言ったとたんにきっと税務署員が来て、税金を払えと迫るにちがいないと思うからである。

ともかく、もういっぺんアトランティック・シティのカジノに挑戦できるぐらいの儲けであった。

元来「嘆きは嚙みつぶし、歓喜は分かち合う」タイプのよい性格である私は、こういうときたいてい大騒ぎをする。万歳をしながらスタンドを駆け回るぐらいのことはする。しかし、このときばかりはさすがに歓喜の表現を自粛したのであった。

法的にいえば、競馬の儲けは立派な所得であり、当然課税の対象となる。この際ハズレ馬券の購入代金は経費として認められないから、本来はなにがしかの納税義務があるのである。ただ、そんなことは誰もしていないだけだ。

アトランティック・シティでの学習効果により、万馬券を的中させたとたん私はこう考えたのであった。以下、そのときの私の懸念を列挙する。

①馬券所得の税率はいくらだか知らんが、アメリカのカジノで国税三〇パーセント、州税三パーセントを徴収されたのだから、たぶん日本では国税五〇パーセント、地方税一五パーセントぐらいは取られるであろう。たまらん。

②徴税の原則は「取りやすいところから取る」であるから、カジノでいうところのジャック・ポット、すなわち競馬でいうところの万馬券的中者が、実質的に課税対象者となるのではなかろうか。

③幸い今まで「馬券課税」の憂き目に遭ったためしはないが、国の財政も厳しい折であるし、こういう収税方法が強化されても何らふしぎはない。しかも季節的に税務署はヒマであろう。

④ここ二週にわたって、私は「週刊現代」誌上に税法に対する不満を述べている。恨みを買

っているおそれがあり、また多少の知名度もあるので「見せしめ」「血祭り」の危険がある。

⑤中央競馬は農水省の管轄下にある国営事業であり、その収益は国庫に納められる。アイデンティティーにおいてこの課税法に大蔵省が関与することはむしろ自然であろう。

——と、さまざまの懸念を考えめぐらせば、まさか万歳をする気にもなれず、とっさに換金することにさえ身の危険を感じた。

そう思うと自動払戻機の隣にポツンと口を開ける大口払戻窓口が、罠のように見える。そこに当たり馬券を提示したとたん、待機していた税務署員が現れて、

「おめでとうございます。つきましては税法に基づき、的中金額の五〇パーセントを国税に、一五パーセントを地方税として徴収し、差額の三五パーセントを払い戻します」

などと言いそうな気がした。

そこで私は、即座に換金することをやめた。万馬券が出た直後は、税吏もてぐすね引いて待ち構えているであろうと思ったのである。

熱いコーヒーを飲みながらこう考えた。

①換金は明日の日曜日、混雑する一般席の窓口で実行する。

②帽子をかぶり、サングラスをかけ、マスクをする。

③無事に課税を免れても、この事実をけっしてエッセイのネタになどしない。むろん運悪く

課税されても。

——こうして私は、当たり馬券をポケットに収めたまま帰宅した。

金持ちになったのは嬉しかったが、歓びを顔に出してはならなかった。勘のよい税吏が、ゴール直前の私の大声——「そのまっまー！　残れェー、吉田ーッ！　追えー、追えー！　よおっし、できたっ！」を耳にしており、ひそかに尾行しているかもしれぬと考えたからである。

家に戻ってからも、私はひたすら沈鬱な表情を装った。家族は私がさぞかし大敗を喫したのであろうと思ったのか、腫《は》れ物にさわるように扱った。

壁に耳あり障子に目あり、である。ゴミ捨て場を共用しているご近所に、税吏が住まっているかもしれぬ。娘の予備校の友人が、税務署員の子供かもしれぬ。老母の茶飲み友達が、国税局OBであるかもしれぬ。

食事中に家人が、

「お狙いになってらしたメジロランバート、いかがでした」

と訊《き》いた。とっさに私はギョーザを噴いて取り乱し、しどろもどろで、

「ま、見るべきところはあったな」

などと曖昧《あいまい》な答弁をした。

言いたい。よくぞ聞いてくれた、俺の狙ったメジロランバートは、一勝馬の身でありなが

ら並いるオープン馬を敵に回して、二着に来たのだ。そして俺は、タヤスアゲインvs.メジロランバートの万馬券を、しこたま取ったのだ。その馬券は、ホレここに、このワイシャツの胸のここに、ホレホレホレ、あるのだよ！

言いたいけど、言えなかった。

食後、サクサクと書斎に戻り、施錠を確認したのち税理士に電話をした。

「もしもし、センセ？　浅田です」

「はい……また、なにか？」

巨額の納税が確定してよりこのかた、私は夜な夜な税理士に呪いの電話をかけ続けているのであった。

「実は、きょう……」

かくかくしかじかと、私は本日の出来事と私の懸念について、ありていに話した。

(ううむ。それは正しいご判断でした。とかく税金は取りやすいところから――)

とか言うかと思いきや、税理士はカッカッカッと高笑いをしたのである。

「あの、浅田さん。ちょっとノイローゼじゃないですか。そりゃ、くやしいのはわかります。税制におけるグローバル・スタンダードのご主張も、作家生活における三十年間平均課税適用の論理も、むろんわからんわけじゃありません。しかしね、当たり馬券に課税されたという事例は聞いたことがありません。ましてや大口払戻窓口に税務署員が待ち伏せしているなんて、あなた、そりゃ妄想ですよ。大丈夫ですか？　ちゃんと睡眠をお取りになってますか？」

ノイローゼではないと思う。アトランティック・シティでの出来事以来、税金は私にとっての恐怖そのものなのである。少なくともこんな生活を続ければ、私の余命は長く見積もってもあと五年、という気がするのである。ともかく、激務を物理的にサポートするだけの金の余裕がない。いずれ私は税金に殺される。

あくる日、私は税理士の言葉を信じて堂々と当たり馬券の換金をした。

ちょっと怖かったけれど、やはり大口窓口に税務署員はいなかった。もしかしたら日曜日は休みなのかもしれないし、たまたまその窓口にはいなかったのかもしれないが。

ところで、予期せぬ悲劇はその日に起こった。

私は競馬場に行くとき、必ず一定の所持金を決めている。そしてその金額は性格に応じて案外と少ない。つまり、収税の懸念さえなければ、私は前日の最終レース終了後に的中馬券をすべて換金し、あくる日は再び規定の所持金を持って出かけたはずなのである。

日曜日の朝一番で換金をした私は、持ち慣れぬ金にすっかり目が曇り、分不相応の勝負をくり返した結果、オケラになった。

こうして私は、六五パーセントの懸念のために、一〇〇パーセントの納税をしてしまったのであった。

わかった。今後は私自身の幸福のために、納税は国民の義務だと信じよう。

この心境は、一種の解脱である。

爆発について

どうとも収拾のつかない持ち物がふたつある。

ひとつは書物で、これは商売がら至極当然のなりゆきであるが、自宅の外に専用の書庫を借りているにもかかわらず、家じゅう足の踏み場もないほど猖獗《しょうけつ》をきわめている。

もうひとつは洋服である。もともと江戸っ子の見栄っ張りのせいで、若い時分から着道楽であった。その後もアパレル業界に長く身を置いていたせいもあり、齢とともにこの道楽には拍車がかかった。一部屋のぐるりを収納庫にしているのであるが、これまた猖獗をきわめ、溢《あふ》れ出たものは業務用のラックにギッシリと吊るし置かれて何が何だかわけのわからん始末である。

買ったまま頁を開いていない書物がたくさんあるのと同様、買ったまま袖も通さず、躾《しつ》け糸すら解《と》いていない服がたくさんある。着る物の整理をせえというのは、書棚の整理をせえというのと同じぐらいに難しい。

ことに近年、この洋服の数が爆発的に増えた。原因は明白である。しばしば外国に出かけるようになって、そのつど現地で「お買物爆発」をしてしまう。結果、ほとんどブローカーかバイヤーのごとく、トランク二杯分ぐらいの品物を持ち帰るハメになる。

自慢話と思われても困るので、毎度こうなっちまう理由を、ありていに説明しておこう。

欲求不満なのである。いやらしい意味もそりゃ多少はあるけれど、そればかりでなく万事において欲求不満なのである。

サイン会や講演といった作家的営業活動の日を除き、私は日がな二十時間ぐらい、ダルマのごとく文机の前に座っている。格別に働き者のはずはないのであるが、読み書きがナゼか人の三倍ぐらいノロいので、そうでもしなければ仕事がおっつかないのである。

そこで、取材と称して海外に出たおり、すべての欲求不満が「お買物」という吐《は》け口《ぐち》から噴出する。

今や日本でも海外ブランドはことごとく買うことができるのだから、べつにわざわざ外国で爆発する必要はないのだが、これにもまことにいじらしい理由がある。

はっきり言って私はセコい。どのくらいセコいかというと、各種取材帳の数よりも、各種出納帳《すいとう》の数の方が多いのである。手帳をアトランダムに開いても、明らかに文字より数字の方が多い。

まあ、「セコい」と言うと人格を疑われるおそれがあるので、「金銭感覚がよい」ということにしておこう。ちなみに、過去三週にわたる税金についての私の個人的愚痴は、このセコさのなせるわざと理解していただきたい。

「¥」という記号に敏感なのである。あらゆる数字の頭に「¥」が付くと、そのケタ数の大小にかかわらず、私の脳ミソはカンと冴え渡り、背筋はグイと伸び、まこと油断できぬ人格に豹変する。「¥」に対する私の反応は、ほとんどパブロフの犬と言えよう。そしてこの反応は、幼時からの習慣に起因するので、記号が「$《ドル》」「£《ポンド》」「FRC《フラン》」「LIR《リラ》」などに変わると、あらふしぎ、消費行為について何の抵抗も感じなくなってしまうのである。

かくて私は旅先においてのみ爆発する。

ところで私の経験によれば、最も危険な感じのするパリは、存外安全な町である。むろん治安の話ではない。爆発力のエネルギー総量とその被害金額において、である。

なぜかというと、パリはファッションの世界的中心地でありながら、各ブティックがさほど一ヵ所に集中していない。すなわち、一軒の店で大買物をすると、荷物を持ったまま長い距離を移動しなければならないので、体力的な限界がある。しかもウロウロと歩き回る間についつい消費金額のレート換算などをしてしまい、脳裡《のうり》に「¥」の魔物が立ち現れたとたん、たちまち購買意欲は喪われる。

その点、イタリアの各都市はヤバい。町そのものがどれも比較的小さいので、いきおい一流ブティックは一ヵ所に蝟集《いしゅう》している。

　首都ローマを例にとると、コンドッティ通りとその周辺にほとんどブランド・ショップが集まっている。わずか四、五百メートルの細い通りの左右に、グッチ、ブルガリ、アルマーニ、フェラガモ、エルメス、ヴェルサーチその他もろもろと軒をつらねているのだからたまらない。このコンドッティ通りのロケーションは、かのスペイン広場の白い階段を降りて行けば自然とそこに吸いこまれてしまい、まさに縛《いまし》めから免れたヘップバーンのごとく、さして買物の目的がなくとも、自動的に誰しもが爆発する仕掛けになっている。

　しかも、イタリアは言わずと知れたシャレオヤジの国で、どの店もメンズ・アイテムが充実している。旅行中不用意に夫婦でここに嵌《は》まったら最後、一家存亡の危険すらある。

　ちなみに、私はこの罠に嵌まって数時間のうちにカードをパンクさせた友人・編集者を複数知っている。

　ローマよりさらに危険な場所は、ニューヨークであろう。

　なにしろデカさとハデさが美徳とされるこの大都市は、一軒の店舗面積が大きく、しかも五番街とマディソン街に大方の有名店が集まっている。いわばローマの仕掛けをそのまま数十倍に拡大した超危険都市と言えよう。なおもまずいことに、ニューヨークは「デパート」という核弾頭を保有している。パリのデパートなどは、ほとんど日本でいうスーパー・マーケットのような品揃えで、つまり実用衣料が中心なのであるが、ニューヨークの「バーニーズ」や「サックス」といったデパートは近年ブランド・ショップのショウ・ルームの観があり、きわめて危険である。ちなみに私は、愚かしくも「サックス」一軒でアメックスのゴールド・カードをパンクさせたという人物を知っている。

だが、上には上がある。

私の経験上、欲求不満のビジネスマンやOLが、非常な確率でカード破産の悲劇に見舞われるであろうと確信する場所は、香港である。

この町は小さい。しかしこの小ささが怖い。

たとえばペニンシュラ・ホテルのショッピング・アーケードを例に挙げると、狭い地下通路のぐるりに整然と、実にぬかりなく、有名ブティックが収まっているのである。ということは、ニューヨークのデパートと同じ理屈で、ここに嵌まれば最小限の体力と知力で、最大限の爆発が可能となる。

ではなにゆえ香港がニューヨークより危険なのであろうか。この点については知るだに怖ろしい罠が隠されている。

いくらニューヨークでもローマでも、両手に持ち切れなくなったら買物はやめる。しかし香港の場合、町が狭い分ホテルがすぐそこいらにあるものだから、爆発状態のまま荷物が持ち切れなくなれば、いったん部屋に戻ってすぐに手ぶらで戦線に復帰できるのである。かくて人々は思考停止のリピーターと化し、まさに毒食らわば皿まで、という心境に陥《おちい》ってホテルとショッピング・アーケードの間を何べんも往復したあげく、知れ切った往生をとげる。

ことに、前記ペニンシュラおよびリージェントに宿泊した場合、ともに階下が大アーケードになっているから、あろうことかエレベーターの垂直移動という作業だけでアッという間にカードはパンクする。

ちなみに私は、この怖るべき爆発によってVISAとアメックスをダブルで飛ばし、そのうえ帰国したとたんに不渡りを飛ばしたという気の毒な社長さんを知っている。

ところで、昨年私のもとに「プラチナ・カード」なる余計なものが送られてきた。説明によれば、パンクしないカードなんだそうである。むろん、引き落としの口座に現金が不足していれば使用不能となる。しかしお買物には上限がないらしい。

欲求不満のまま香港に飛び、このカードを持ってペニンシュラかリージェントに泊まれば、私の運命はその後どう変わるであろう。

この想像はあまりにも怖ろしい。怖ろしいけど、何となく甘美な、ほとんど性的な陶酔を感じさせる。

と、ここまでの原稿を読み返してみて――ああ、私は何と徹頭徹尾の日本人であることかと実感した。

ラブ・レターについて

直木賞をいただいた短篇集『鉄道員《ぽっぽや》』から、三篇が別々に映画化されることになった。その第一弾として、『ラブ・レター』が全国松竹系の映画館で公開され、原作者はただいまてんてこまいの忙しさである。

よく考えてみれば、映画は監督の「作品」であり、原作を提供しただけの私が営業に飛び回るのは、いささかはしゃぎすぎという気がしないでもない。この点はおなじみ「お祭り次郎」のキャラクターがなせるワザではあるが、案外きちんと考えていることもある。

ひとりでも多くの人に、小説を読んでほしい。むろん私の小説を、という意味ではなく、テレビも映画もいいが小説という娯楽を持ってほしいと思う。だから映画を観て感動した人が原作を読み、小説の楽しみを知るためには、小説家である私はできうる限りの努力をしなければならない。これはつとめであると思う。

文芸こそが文化の旗手であるとされていた平和な時代はとうに終わっており、今やコンピューターとビジュアリズムとがその主役であることは疑いようがあるまい。社会の姿がすでにそのような形になっているのであるから、時流に超然として小説を書くことはおそらく滅びの道に通ずるであろう。滅びは大げさにしても、「読む人だけが読めばよい」という作家の姿勢は、小説をいずれマニアックな、特殊な文化に変形せしめる。ならばこの際ビジュアリズムと共存しつつ、あるいはその実力を借りて小説の復興をたくらむのは、あながち卑屈な方法ではあるまい。

長いこと売れない小説を書き続けてきた私は、売れないという事実そのものが私の作品を貶《おとし》めていると考え続けてきた。売れないことが悔やしいのではなく、売れる小説を書けぬ自分が情けなかった。

売れる小説はいい小説であり、いい小説は売れるはずだからである。すぐれた芸術は常に大衆とともにあり、そうした普遍性のない芸術はまがいにちがいないからである。

かくて私は「お祭り次郎」と化し、顰蹙《ひんしゅく》を買い譏《そし》りを受けつつ、きょうも営業に飛び回る。

ここまでの原稿を読み返し、あまり普遍的でない気がしたので突然ではあるがトーンを変える。

短篇集『鉄道員』は五月末日現在、なんと九十万部も売れちゃってるのである。うれしい。すごくうれしい。印税のあらかたは税務署とJRAに召し上げられたけれど、銭カネの話は別にしても、すごくうれしい。

九十万部といえば、ミリオン・セラーまであと一歩、いわば指呼《しこ》の間《かん》と言えよう。思い起こせば一年前、初版二万五千部でスタートしたこの本が、こんなことになろうとはまさか考えてもいなかった。手元にある初版のオビには、「あなたに起こるやさしい奇蹟」なんて、歯の浮くようなキャッチ・コピーが付いているが、今にして思えばまさに大予言のごときフレーズであった。

ところで、このたび映画化された「ラブ・レター」という短篇は、この『鉄道員』の中に収録されているのであるが、これぞまことに奇蹟のようないきさつがある。作品および映画の尊厳をあやうくする可能性を承知で、こっそりと「ラブ・レター」執筆秘話を公開してしまおう。

三年前の今ごろであった。当時私は長篇小説『蒼穹の昴』をコツコツと書いていた。脱稿予定日はすでに半年も超過しており、業《ごう》を煮やした担当編集者が、ある日突然私を拉致《らち》したのであった。

版元音羽屋は業界のガリバーである。ガリバーは金持ちであるから、ついこの間もニューヨークに招待してくれたし、そのわずか二週間前には中国にも連れて行ってくれた。しかし、いかに金持ちガリバーとはいえ、まったく商品価値のない三年前の私を外国に拉致するわけはなく、千葉県外房の千倉《ちくら》という漁村に私を連れて行ってくれたのであった。

なぜ千倉かというと、そこに音羽屋の保養施設があったからである。つまり、シーズン・オフで部屋も空いているから、そこで小説をセッセと書け、というわけだ。

ものすごくありがたかった。なにしろそのころの私は極めて劣悪な執筆環境にあり、居間兼書庫兼寝室兼食堂兼書斎の六畳間に、家族もろとも十三匹の猫もろとも暮らしていたのである。しかも『蒼穹の昴』は千枚を超え、物語はいよいよ佳境に入っていたのであった。

自分で言うのも何だが、私はけっこう働き者なので、カンヅメにされればみごとシャケになる。で、千倉の保養所における一週間は、ほとんど散歩にすら出かけず、ダルマのごとく座り続けて原稿を書いた。ちなみにそのとき書いた部分は、同著下巻第六十二節の西太后暗殺未遂事件のくだりである。

さて、六月初めの会社保養所といえば、当然利用者は皆無《かいむ》である。芝生の庭ごしに望む渚《なぎさ》にも人影はなく、私は執筆に疲れればぼんやりと浜千鳥のたわむれを眺め、目を閉じて潮騒《しおさい》を聴いた。

ガランとした食堂で賄《まかな》いの朝食をいただいた帰りであったと思う。長い廊下を歩いて部屋に戻る途中、フト西向きの窓辺で私は足を止めた。

空地の向こうに白いペンキを塗りたくった家がある。一見したところアーリー・アメリカンふうの瀟洒《しょうしゃ》な二階家であるが、青空を背にしたたたずまいはどことなくぎこちない。外階段の踊り場でフィリピーナが鼻歌を唄いながら洗濯物を干しており、二階の窓辺には二段ベッドに横たわる女の頭が見えた。陽気でかまびすしい外国語のやりとりが聴こえてくる。

そこが外国人女性を商品とする曖昧酒場であることは明らかであった。

暇にかまけてその風景を眺めているうちに、何だかとても切ない気分になった。彼女らの身の上をあれこれと想像したからではない。彼女らの日常を何の違和感もなく受け容れ、まるで渚にたわむれる浜千鳥を見るのと同じ目でそれを眺めている自分に嫌悪を感じたのであった。

これはふつうではないと思った。彼女らの存在よりも、また彼女らを夜な夜な抱きにくる男たちの存在よりも、天然の風景を眺めるようにそれを眺める自分はふつうではないと思った。

洗濯物を干していた女は私に気付き、片言の日本語で何かを言い、手を振った。すると二段ベッドに寝ていた中国人らしい女も半身を起こし、こちらを向いて何かを話しかけた。まばゆいほどの笑顔であった。

時間の単位では計れないほんの一瞬、私の中で小説が書き上がった。

森崎東《もりさきあずま》監督の手になる映画『ラブ・レター』を試写会で観たとき、びっくりしたことがある。何と監督は私が原作の想を得たその家を、そっくりそのままロケ場所に使っていたのであった。

むろん私は何も語ってはいない。だが映画の後半に登場する海辺の曖昧酒場は、まちがいなく私が原作を着想した家そのものであった。

〈車はやがて、海岸通りの手前にぽつんと建つ店の前で止まった。真白にペンキを塗りたくられた二階家で、出窓には豆電球が点滅し、いかにもそれらしい名前の看板を掲げている。煙るような雨の中で、ネオン管がジイジイと鳴いていた〉

この店についての描写はわずかこれだけ、原作本の行数にすれば、たったの三行である。森崎監督はこの三行の描写から、私が着想した家を正確に探り当ててしまった。

まさに奇蹟を見る思いで、私はこの映画を観た。

小説とビジュアリズムとは共存しうる。文化を創造するという不変の意志がたがいにある限り、芸術の神はわれわれの上に微笑み続けるであろう。奇蹟とはそうした意志力の、必然の結果であろうと思う。

ではこれより、「お祭り次郎」に変じて映画『ラブ・レター』の営業に出かける。

クソじじいについて

たいそう頭にきたことを、率直に書かせていただく。

頭にきたのは私ひとりではないはずなのであるが、謙虚なのか鈍感なのかはたまた無関心なのか、あまり騒ぐ人がいないようなので私ひとりで騒ぐ。

あろうことか天皇陛下のお乗りになった馬車に、大勢のクソじじいどもがケツを向けた。さらなるクソじじいは日章旗に火をつけて燃やした。行為は卑《いや》しいが、その理由はもっと卑しい。金が欲しいというわけだ。

私はべつだん偏向した思想の持ち主ではないので、不敬だとか国辱だとか、そういうことは言わない。ただ、他人を侮辱《ぶじょく》する行為に出るからには、正当な理由があってしかるべきであろうと思う。人間としての良識をわきまえぬ連中は、年長であろうが名誉ある退役軍人であろうが誇り高きジョンブルであろうが、「クソじじい」でよろしい。少なくとも日本語ではそう言う。

彼らは国賓《こくひん》に対してケツを向け、その国旗を焼いた行為を「名誉のため」と言うであろう。だがそれはウソである。名誉ある者は金をよこせなどとは言わない。ましてや彼らは元軍人である。まことの名誉ある軍人は大英帝国とその国民のために戦って死んだ。虜囚《りょしゅう》となることに不名誉を感じぬのはかの国民性かもしらぬが、少なくとも戦友たちの死の後に投降した軍人が、半世紀を生き永らえてなお安逸な生活のための金銭の要求をするのは、男子として卑賤《ひせん》のきわみである。元軍人などではなく、軍人のクズであろう。

たかだか自衛隊経験があるぐらいで、戦《いくさ》も知らぬ文弱の物書きが何を言うか、と彼らは怒るかもしれない。しかし、英霊となった彼らの戦友も、たぶん同じことを言う。いやおそらく、国賓の馬車にケツを向けなかった多くのジョンブルたちも、みな同じことを考えていると私は信ずる。

日本はかつてたしかに、近隣アジア諸国に対して愚かしい行為をした。しかし対等の立場で、外交の一手段として干戈《かんか》を交えたイギリスに対して、悪い行いをしたとは思えない。捕虜の待遇うんぬんという問題にしても、ひとえにイギリス軍が死を恐れて大量に投降し、日本軍が死ぬまで戦った結果であって、だとすると国家の戦力たる軍人のモラルからすれば、不名誉な兵士たちが名誉ある兵士たちの末裔《まつえい》に対して金銭の要求をしていることになりはすまいか。

はっきり言って戦史を繙《ひもと》くかぎり、日本はアメリカにはコテンパンに負けたけれど、イギリスに敗れた戦闘は記録にない。いつまでも戦勝国ヅラをしていやがらせをするくらいなら、ベンツの不買運動でもしろと私は言いたい。そんなクソじじいを野放しにしているから、ロールス・ロイスだってドイツ車になっちまうのだ。

怒りのあまり筆が滑る。

さて、私が最も言いたいのは、クソじじいどもが半世紀前、ナゼ捕虜になったのかという経緯についてである。

彼ら軍人のほとんどは、シンガポールか香港かミャンマーに駐屯していたはずで、要するに人倫に悖《もと》る砲艦外交の結果手にしたアジアの植民地を守備していたのである。

そもそも、そんなところに軍隊がいたということ自体がおかしい。本国を富ませるために他の民族を支配下に置き、インドに関しては三百年もの間、香港については百年もの間、侵略と搾取《さくしゅ》のかぎりをつくしていたのである。

先進国が後進国を支配するというその蛮行は、あの戦争がなければおそらく今も東アジアの諸地域で続いていたであろうと考えれば、かつて日本が標榜した「大東亜共栄圏」とか「植民地解放の聖戦」とかいうおぞましい言葉すらも、にわかに説得力を持つ。

そういう場所に、クソじじいどもはいたのである。当時のアジア植民地は、日本における満洲国と同様、イギリス経済にとっても生命線であったろうから、さぞかし激しい抵抗を受けるかと思いきや、若き日のじじいどもはアッサリと降参してしまい、おびただしい捕虜となった。

ちなみに一九四一年十二月八日の開戦後、香港占領は十二月二十五日、シンガポール陥落は翌年二月十五日である。

今さら父親の赫々《かくかく》たる戦果を自慢するつもりはないが、この性急な結果は日本軍の強さもさることながら、イギリス軍の弱さと戦意のなさによるところが大きいのであろう。予期せぬ大量の投降者に対して十分な待遇を与えられなかった事実にはちがいはあるまいが、その無理からぬ経緯は他ならぬ投降者たちが一番良く知っているのではなかろうか。

わかっていながら金をよこせと言う。しかも、折しもアジア諸国から日本に寄せられる戦時補償問題に乗じて、こっちも欲しいはないだろう。

もっとも、世界平和をいたずらにかきみだそうとするこうした国辱的クソじじいどもを取締ろうとしないイギリス政府の良識はさらに疑わしい。手元の報道写真によれば、大道で日章旗を燃やすクソじじいどもの数メートル前には、真紅の儀礼服を着た衛兵が立っており、大勢の警官も写っている。

相手が日本だから、すなわち東洋の野蛮な国だからかまわんだろうと、政府および官憲は見すごしているのであろうか。まさかシャレやパフォーマンスだと思っているわけではあるまい。女王陛下が礼をつくして迎える国賓の、その象徴たる国旗が焼かれているのである。

かつて商船に掲げられていたユニオン・ジャックが引きずりおろされたというだけで第二次アヘン戦争を起こし、北京まで攻め上って掠奪《りゃくだつ》と暴行のかぎりをつくしたのは、どこのどいつであろう。そのうえ国土までも奪い、返還の時がくれば恩着せがましく、「返してやる」と言わんばかりの演説をしたのは、どこのどいつだ。

こうした歴史的な矛盾を何ひとつ知らないとしたら、イギリスは教育の場においてすでに、リベラリズムを欠いている。リベラリズムを欠いたイギリスは、いわば自由を奪われたアメリカ、矜《ほこ》りを失ったフランス、貧乏な日本のようなもので、要するにただの野蛮国でしかない。

天皇陛下の馬車にケツを向けたクソじじいどもの他にも、一部の群衆は「COMPENSATION OVERDUE（賠償はまだだ）」という横断幕を掲げ、気勢を上げたという。

もし彼らが三百年にわたって搾取を続け、その事実に対して賠償どころか一言の詫びも言わなかったインド国民が、こぞって「COMPENSATION OVERDUE」と叫んだとしたら、どんなことになるのであろう。中国国民がわずか一世紀前の不実に対して、同じことを言い始めたら、果たしてイギリス政府に誠意ある回答の準備はあるのであろうか。

ましてやわれらが愛すべき平成の天皇が、誠実にお口になされたお言葉と同じ英語を、エリザベス女王やチャールズ皇太子は口にする勇気があるであろうか。

ところで、私には個人的にもうひとつ納得の行かぬことがある。

先にも述べたように、私はけっして偏向せる思想の持ち主ではなく、天皇の存在は平和憲法に謳《うた》う通り、国民の象徴として理解している。

しかし、陛下とて生身の人間に変わりはない。父の代に起きた事件の責めを子が受けねばならぬ理不尽は感じておられるはずである。なにゆえわれらが平成の天皇が、平成の平和外交以上のことを、たとえ一言でも口になさらねばならぬのであろう。「深い心の痛み」をお感じにならねばならぬのであろう。

へたくそな政治的外交の結果、われらが天皇は個人としては全くいわれのない屈辱を味わい、そのうえおしきせの言葉を政府から強要されているような気がしてならない。それはかつての昭和天皇の身の上と、どこも変わらない。無能な政府が軍部にとって代わっただけなのではあるまいか。

クソじじいどもの蛮行とイギリス政府の対応について、われわれは母国の名誉にかけて怒るべきである。

よく聞け卑しいジョンブル。おまえらにくれてやる金はない。頭を下げて謝罪をする理由も、永久にない。

恋の季節について

このところわが家の猫情報を求める読者の声がさかんに届く。

猫好きは猫の話で徹夜ができるので、書くのは容易、書きたい気持ちも山々ではあるが、話材としては趣味の領域であると思うから辛抱している。

リクエストにお答えして、今回は猫で行く。もはや辛抱たまらん。


トモコはわが家の末っ子で、昨年の秋口に親しい編集者が拾ってきた。何でもマンションの玄関に段ボール箱ごと捨てられて、ニャーニャーと鳴いていたのだそうだ。編集者の家にはすでに猫が三匹もおり、これ以上は飼えぬというので私が引き取ることにした。

名前はトモコと付けた。熱心な読者の方にはお聞き憶えのある名であろう。拙作短篇集『月のしずく』の中に収められた「ピエタ」という小説の主人公の名である。

友子は幼いころ母に捨てられた。「いい子でいればおかあさんは帰ってくるよ」という母の別れの言葉を信じて、友子はけなげな努力を積み、外国語に堪能な美しいキャリア・ウーマンに成長する。そして二十数年後、流転《るてん》の末にローマで観光ガイドをしている母を探し出し、夏の日ざかりのスペイン階段の下で対面を果たす——。

マンションの植え込みの中で声をかぎりに母を呼んでいた仔猫が、この友子のイメージに重なったのであった。何とも切ない命名ではあるが、友子のようにけなげに生きてほしいと私は希《ねが》った。

トモコは器量よしである。白地に薄茶色の丸い斑《ふ》を散らした毛なみで、丸い小顔がとても愛らしい。

貰われてきた当初は痩せさらばえているうえにひどい風邪をひいており、命さえも危ぶまれたが、看病の甲斐あって何とか生き延びることができた。

三匹の猫たちもかわるがわるトモコの面倒を見た。ことに純白のオス猫キャラは、まこと涙ぐましいほどにトモコの世話を焼いた。

齢《とし》が近いせいか、あるいは同じ捨て猫という出自のせいか、キャラはトモコのそばをかたときも離れずに体を舐《な》め続け、眠るときは必ずしっかりと両手に抱いて寝た。

鉢植えを片っ端から台無しにしてしまういたずらっ子のキャラが、実は心のやさしい少年であったというのは、驚くべき発見であった。

それから十ヵ月の間、キャラとトモコはまるで兄と妹のように仲が良かった。眠るときも食事をするときも野原で遊ぶときも、二匹はいつも一緒だった。

さて——予期せぬドラマは二週間ほど前に起こった。

ある朝、私が洗面所でヒゲを当たっていると、猫窓から見知らぬオス猫が顔を覗かせた。

以下、猫語による会話。

「ちわ。トモちゃん、いますか」

「……いるよ。誰だね、君は」

「ショウです。ショウはアメショーのショウ」

猫窓をくぐり抜けて入ってきたショウちゃんの姿を、私はしげしげと眺めた。みごとなアメリカン・ショートヘアである。

「おい。勝手に上がりこむな。行儀の悪いやつだな。そこで待っていなさい、いま呼んでくるから」

まずいことになった、と私は思った。トモコとキャラはいわば親の定めた許婚《いいなずけ》であるが、そこに予期せぬ第三の男の登場である。しかも血統書つきの外人。ことは穏やかではない。そういえばちかごろ、トモコはしばしば妙な声で鳴く。

二階に上がって、私はぎくりとした。リビングの隅でキャラとトモコが、何やら深刻な話し合いをしていた。

「ねえ、行かないでよトモちゃん。僕に悪いところがあるのなら、直すから」

キャラは終始うつむいている。いたずらっ子のわりに意気地のない性格なのである。

「べつにキャラちゃんが嫌いになったわけじゃないわ。でも……」

「でも、何だっていうの。はっきり言ってよ」

「でも……私、あの人のことが……」

ちょっと待て、と私は二人の間に割って入った。

「許さん。許さんぞ、トモコ。パパはおまえをそんな尻軽女に育てた憶えはない。キャラもキャラだ。おまえも男なら男らしく、力で白黒をつけろ」

トモコは一瞬私を見つめ、「ごめんね、パパ！」と叫んで足元をすり抜けて行った。

「待たんか、コラ。待ちなさい、トモコ！」

後を追って階段を駆け下りると、あろうことかトモコとショウは洗面所で熱いくちづけを交わしているのであった。私が怒鳴りつけたとたん、二人は手を取り合って猫窓から逃げ出した。

できてしまったものは仕方がない。だが気の毒なのはキャラである。どう慰めてよいやらと再びリビングに戻れば、キャラは窓辺にぼんやりと座って、流れ行く雲を見上げているのであった。

おい、と呼びかけてもキャラは動かなかった。私はかたわらに屈みこんで、この際父として言わねばならぬ言葉を探しあぐねた。

「もういいよ、パパ。心配かけて、すみません」

こいつは何ていいやつなんだろうと私は思った。しかし一方、トモコの気持ちもわからんではない。女にとって「いい人」と「いい男」はちがう。

「あいつ、カッコいいから……」

言ったなり、キャラはがっくりと肩を落としてしまった。

「おまえだってカッコいいじゃないか。雑誌のグラビアにだって何度も出たし」

「人間がかわいいと思う猫と、猫がカッコいいと思う猫はちがうんだよ。白い猫って、あんがいモテないんだ。それに――」

と、何かを言いかけてキャラは口をつぐんだ。

「それは言いっこなしだよ、キャラちゃん」

「うん、わかってる。わかってるんだけど……」

キャラは泣いてしまった。人間にしても猫にしても、みな幼い日のトラウマを背負い続けて生きる。子供のころに蒙《こうむ》った傷を、長じてから癒《いや》すことは難しい。

「おまえ、トモコのこと好きなんだろ？」

うん、とキャラは泣きながら肯《うなず》いた。

キャラも捨てられた猫であった。親兄弟と引き裂かれて街角に捨てられた心の傷を、今も背負っている。だから同じ身の上のトモコを、実の妹のように愛した。

だが、そんなキャラの愛情からのがれて、美しいアメリカン・ショートヘアのもとに走ったトモコの気持ちも、わからんではない。

「パパは許さんよ、そんな勝手は」

キャラは私の膝に小さな掌を置いた。

「でも、あいつをいじめないでね」

「どうして」

「トモちゃんが、悲しむから」

こいつは何ていいやつなんだろう。けっして意気地がないのではあるまい。強さとやさしさが、キャラの中にはきっちりと調和している。

その夜、私は久しぶりにキャラを抱いて寝た。夜目にも光り輝くほどの、一点の翳《かげ》りすらない純白の猫は、私の腕の中で溜息をつきながら眠った。トモコは朝まで戻ってはこなかった。

というわけで、かれこれ二週間もトモコの夜遊びは続いている。

夕方になるとショウちゃんが迎えにきて、いそいそと出て行くのである。キャラはきまって窓辺の蘭の花の下に座り、ぼんやりと梅雨空を見つめている。

恋の季節が終われば、トモコは何ごともなかったかのように元の暮らしに戻るのであろう。キャラもまた何ごともなく、トモコを愛し続けると思う。

しかし万が一、トモコがショウちゃんの子を宿していたなら——そのさきを想像するとさすがに胸が痛む。

親兄弟の愛を知らぬキャラはきっとその不義の子すらも、わが子と信じて溺愛《できあい》するにちがいないから。

知的退行について

噂によればアメリカは喫煙について極めてヒステリカルな状況にあるというので、相当の覚悟を決めて出かけたのであるが、さしたる不自由はなかった。

ホテルの部屋にはむろん灰皿が置かれていたし、ロビーも通路を隔てて半分ずつ分煙されていた。レストランやコーヒー・ショップは禁煙だがバーは喫煙可で、どこのホテルもおおむねそのようであるらしい。

ということは、最もヒステリカルな西海岸はどうか知らぬが、少なくともニューヨークにおいては東京と大して違わんのである。

違うところと言えば、原則的にビル内のオフィスが全面禁煙ということであろう。このためマンハッタンのビルの入口には、どこも大勢のビジネスマンやOLが入れかわり立ちかわりでタバコを喫《す》っていた。

どうやらどのオフィスにも、「喫煙コーナー」などという親切なものはないらしい。ビル全体が禁煙なので、気の毒なスモーカーたちはいちいち高層ビルの上からエレベーターで下りてきてタバコを喫うのである。

当然、路上はポイ捨ての喫いガラで汚れる。ビルの入口にはたいてい備えつけの灰皿があるのだが、何しろ摩天楼の玄関であるから、どれもテンコ盛りの喫いガラで溢《あふ》れてしまっている。

要するに喫煙に関しては、「屋内は不可」「屋外は可」という基本原則があるので、必然的に路上が喫煙所となるのである。

したがって歩行中の喫煙も目につく。男女を問わずやたらと歩きながらタバコを喫う。オフィスでは喫えず、訪問先でも喫えず、コーヒー・ショップでも喫えないから、みんな移動中に喫い続ける。

近年わが国にも、タバコを喫いながら街を闊歩《かっぽ》する若い女性の姿が目につくが、あれはニューヨークの喫煙事情をニューヨークのファッションだと誤解した結果なのであろう。

私は日に三箱を上回る愛煙家であるが、若い時分から歩行喫煙はしない。タバコが喫いたくなったら喫茶店に入ることにしている。ナゼかというと、歩きながらタバコを喫う姿は格好が悪いと思うからである。

ニューヨークのＯＬがやむなく路上でタバコを喫う姿を、先進のファッションだと誤解し実行する愚かしさは、猿マネの最たるものであろう。

この「屋内禁煙」の大原則はむろん劇場等では徹底されている。コンサートでもミュージカルでも、幕間《まくあい》には一服したい。そこで観客は、一幕が終われば一斉に戸外に出てタバコを喫い始める。カーネギー・ホールやブロードウェイの劇場の前で、幕間の客が真黒な塊りになってもうもうと煙を立ち昇らせる様子は、壮観といおうか異様といおうか、モラルに呪縛《じゅばく》された人間たちの悲しい営みを感じさせる。いずれにせよ、こうした姿もやはり格好の良いものではない。

思うに、アメリカは健康と引きかえに都市の美観と人間の体面とを犠牲にしているのではあるまいか。

私は喫煙による肉体的弊害は百も承知なので、それがたいそうな文化だなどとは思わない。むしろ小心で享楽的な人間の嗜好《しこう》であるとすら考えている。ただし、その種の嗜好品を特殊な趣味として排斥するほど、人間は高等な生き物ではない。

屋内禁煙の原則により、ニューヨークの街路が喫いガラで汚れ、ニューヨーカーたちが集団路上喫煙の醜態を晒《さら》しているのは事実である。そもそも健康な肉体は神の造り給うたものであり、都市の美観や人間のいずまいたたずまいは、人間の知性が積み上げたものであると考えれば、アメリカ人のヒステリカルな方法はただの知的退行ではあるまいか。

ところで、ここで問題となるのは、アメリカのモラルがはたして人類のモラルとなりうるか、という点である。

アメリカは正義を信奉する国であるが、アメリカ人の正義が人類の正義ではない。むしろ正義というモラルは、個々の民族の文化の上に成立しているのであるから、それぞれに異質のものでなければおかしい。しかしアメリカは、何につけてもアメリカの正義こそが人類共通の正義であると決めつけているフシがある。そして世界中の多くの国々が、「アメリカは正しい」と考えがちである。

これは地球的な錯誤であろうと私は思う。たしかにアメリカはその強大な軍事力をもって、世界平和のために他国の紛争に介入する資格はある。ドルの実力と資本力とをもって、他国の経済事情に口を挟む資格はある。しかしアメリカの意思は、まさか神の意思ではない。ことに社会生活におけるアメリカ人のモラルは、人類共通のモラルとするほど上等なものではなかろう。

早い話が、天下国家のことならいざ知らず、タバコの喫い方までアメリカに倣《なら》う理由など何もない。ましてや分別ある大人が、国とJTを相手どって「タバコ病訴訟」を起こすなど、知的退行のきわみである。てめえが好きで喫ったタバコを、そのせいで病気になったから賠償せえなどと、何もそこまでアメリカ人のマネをすることはなかろう。

そんな裁判がまともに審理されるならば、「私は酒のせいで肝硬変になったから国と酒造業者は金を払え」という訴訟も起きる。「交通事故を起こしたから国と自動車会社は賠償しろ」も、「糖尿病になったのは国と菓子屋のせいだ」もまかり通る。私なんかいの一番に、「デビューが遅れたのは競馬のせいだ」と言い張って、国とJRAを訴えてやる。

建国からわずか二百数十年の歴史で世界のリーダーシップを取るに至ったアメリカ人は偉大であり、その国民的努力はまさに尊敬すべきであろう。ただし、わずか二百数十年の火急な繁栄には、けっして見習うべきでない多くの矛盾が内在していることを、われわれは知らねばならない。

アメリカには作り出す文化はあっても、守るべき文化はないのである。要するに「ミエ」というものを知らず、「恥」の概念がない。かくてニューヨーカーは男も女もくわえタバコで歩き、カーネギー・ホールの玄関前は巨大な喫煙所となる。

さて、セントラル・パークを見おろすエセックス・ハウスの窓辺でタバコを吹かしながら、もうひとつ気付いたことがある。

たぶんさきのヒステリカルな嫌煙運動と関係があると思うのであるが、ニューヨーカーたちは総じて「健康病」に冒されているらしい。

週末の早朝から、セントラル・パークはジョギングをする人々で溢れ返っている。むろん、それはそれで結構なことである。

しかし、元自衛官の老婆心から言わせてもらえば、テンコ盛りの超高カロリー食を食べ、週末にそれをまとめて消費しようとするのは、体にとってはたいそう毒である。運動はたとえ少量でも毎日同じカリキュラムを続けなければ意味はなく、また常時いくらかの空腹感を保つぐらいの節制をしていなければ、健康は維持できない。

そんなことは文明社会の常識であるから、彼らとて承知しているはずなのに、ニューヨーカーは老若男女こぞって、週末にはヒステリカルに公園を走り回る。まさに病気としか思えない。肥満を怖れるあまり、とにもかくにもカロリーを消費しなければならないとあせる、典型的な「健康病」である。

また、テレビでは二十四時間ずっと、体操ばかりをやっているチャンネルがある。コマーシャルまで運動器具と健康食品の通販なのである。

朝から晩まで、夜中から翌朝まで、エクササイズとボディ・ビルばかり、間断なく放映されているチャンネルの存在は、気持ちが悪い。大勢の健康病患者が麻薬でも飲むように、そのテレビの前にへばりついて運動をしているのであろう。

どうやら彼らの正義は、健康な肉体と不可分の関係にあるらしい。だとするとヒステリカルな嫌煙運動も、実はこの延長線上にあるのではなかろうか。

少なくとも自衛隊出身の小説家という稀有《けう》な経歴を持つ私には、彼らが健康維持という強迫観念にとりつかれ、知的退行をしつつある民族に思えて仕方なかった。

粗相について

たまには本稿にも文化的な味わいのある「随筆」を書かねばならぬと思い、朝っぱらからモーツァルトを聴き、庭のあじさいを賞《め》でて原稿箋に向き合ったところ、まこと非文化的な事件がわが身に起こった。

以下、本稿の読者が全員同年輩もしくは先輩の男性であると信じて書く。

あろうことか糞を洩らしてしまった。

突然の事故とはいえ、おかしくも悲しい。あまりのおかしさゆえに、雨にたゆとうあじさいの随筆をとりやめて、事故の顚末《てんまつ》をありていに語ろうとするわが身は、まして悲しい。

いっときはリアリズム追求のために、パンツを汚したまま稿に挑もうと考えたが、感触からすると思いがけず大量のようなので、とりあえず風呂に行ってシャワーを浴び、下着を替えて書斎に戻った。

三月の末にディープかつレアな中国の旅をして、油に当たった。以来三ヵ月もたとうというのに、いまだ腹具合がおかしい。下痢というほどではないが、慢性消化不良の不定期便が続いている。

私は案外と用心深い性格なので、腹具合のおかしいときの放屁には万全の配慮をする。緊張感を保ちつつ、直腸内で気体と固体との選別をかなり意識的に行い、しかるのち暗夜に霜の落つるがごとく冷静に沈着に放屁をする。

だがしかし、誰にもうっかりはある。朝っぱらからのモーツァルトとあじさいのせいかも知らぬが、私の精神はこのとき甚だ肉体と乖離《かいり》しており、腹具合のことなどうっかり忘れていたのであった。

原稿に向かい、おもむろにパイプの火を入れ、座椅子に背をもたせかけて文化的表題を思案していたところ、屁が出そうになった。

無思慮無警戒に一発りきんだとたん、たいそう心地よい、乾いた屁が出た。それがいけなかった。フェイントだったのである。

じきに二発目を催したので、一発目の快感に安んじていた私は、続く屁も当然カラカラに乾燥した心地よいものであろうと予測し、一発目にもまして満身の力をこめ、括約筋《かつやくきん》を全開して屁を放った。

正直のところ、私はうっかりしていたというより、肛門を信じていたのである。彼も四十六年の齢《よわい》を重ね、持ち主と同じくらい老獪《ろうかい》になっていたことを私は知らなかった。

アッ、と私は声を上げた。

その感触は、「ちびった」というようななまなかなものではなかった。「洩らした」というほどサッパリとしたものでもなかった。あえて率直に、正確にその感触を描写するのなら、「うんこが出た」としか表現のしようはない。

以前にも本稿に書いたと思うのだが、私の特技といえば「早グソ」なのである。

若い時分陸上自衛隊に勤務し、「早メシ」「早ブロ」「早グソ」の習慣を叩きこまれた。以来今日も、大便は小便の出きらぬうちに終わる。それはほぼ一瞬、常に一気呵成の一本糞である。

中国旅行で腹をこわしてこのかた、一本糞にはお目にかかっていないが、ほぼ一瞬の一気呵成には変わりがなかった。したがって、先ほど私の身に起こった事故は、いかな不本意なる事故にしても、その結果からすると「ちびった」のでも「洩らした」のでもなく、「うんこが出た」のであった。

おもろうて、やがて悲しきおそそかな、なんて古川柳《こせんりゅう》が頭をかすめ、私はその通りにまず笑い、しかるのち悲しくなった。

直腸も肛門も、私に反逆したわけではないのだ。これは全肉体に対する私の指導力が低下した結果なのであって、いかんともしがたい老化現象にちがいない。

また、それが避くべからざる老化現象であるにせよ、軍隊や企業でいうなら私がおのれの統率力を過信していたのは事実であり、スポーツでいうなら一発目のフェイントによって二発目のシュートをみごとに決められたのも事実であり、要はおのれの実力を正確に知らなかったのである。

甘い、と私は思った。

人生はまだ折り返しなのである。今日までセッセと積み上げた努力を世に問うのは、まだこれからなのである。肉体の老化はいかんともしがたいが、それを正確に知り、巧妙に制御しつつ後半生をまっとうに生きねばならぬ。これは男子の義務である。

と、ここまで思惟《しい》したところで、さきに述べたように、リアリズム追求のための稿に挑もうと考えたのであるが、いきなり冒頭から「私はいま、うんこを洩らした」というふうに書けば十中八九はボツになるであろうと思い直し、とりあえず風呂場に行った。

折しも家族が不在であったのは幸いである。外は雨、猫どもは眠っていた。

何しろパンツをはいたままの座りグソであるから、その惨状たるやとうてい筆舌には尽くしがたい。書けと命ぜられれば商売なのだから、細密なる描写を試みる自信がないわけではないが、文章表現におけるリアリズムの追求は、映像の前にはすでに無価値であると信ずるがゆえ、ここは行間を読ませる。

パンツを脱いだとき、ふと迷った。

常識的判断からすれば、かように穢《けが》れたパンツはビニール袋にくるんで捨てるべきであろう。

しかしそのパンツは、先日ニューヨークはマディソン街で購入した、カルバン・クラインであった。値段も高かったけれど、なにせカルバン・クラインの本店で買ったのである。そこいらで買ったその他のパンツとは、そもそも出自がちがう。たかだかクソに汚れたくらいでゴミ箱に捨てるのは、あまりに忍びがたかった。

しかもそのパンツは、ダーク・グレーの同色のTシャツと対《つい》になっており、パンツだけが消えればTシャツは気の毒な後家《ごけ》となる。私は常にシャツとパンツのメーカーは同一でなければ気が済まぬ。だとすると、罪もないTシャツまで、パンツとともにゴミ箱に捨てねばならない。ましてやお気に入りのカルバン・クラインがセットで消えたとなれば、家人はいち早くそれに気付き、多分に怪しむであろう。

どこに置いてきたのと問いつめられて、まさかうんこを洩らしたのでゴミ箱に捨てました、とは言えない。口がさけても言えない。さる事情により捨てたなどと言えば、よけいに怪しい。

汚れたパンツをぶら下げたまま、私は風呂場でしばし懊悩《おうのう》した。

次善の策としては、わが手で洗濯をし、乾燥機にかけ、そのまましらばっくれることであろう。しかし本稿の締切時間は刻々と迫っており、おもらしパンツを洗っている時間はなかった。

　ましてや、その洗濯作業の最中に家族が帰ってきたら、いったい何と言いわけをすればよいのであろう。どう考えたって他の理由は思い浮かばないから、うんこを洩らしたので自分で責任をとっているのだよ、と言うしかあるまい。誠実すぎて涙ぐましい気がする。

　時間的にも無理であるが、いっけん正道と思えるこの方法を採用すれば、家長としての権威はまちがいなく失墜すると私は思った。

　捨てられぬ。洗えぬ。だとすると、残る策はひとつしかなかった。

　雑巾バケツに水を張り、パンツを漬けておく。それだけでよい。

　そう、家長はトイレに行く間も惜しんで、仕事をしているのである。もし笑われたり咎《とが》められたりしたら、体じゅうの息を吐きつくすような溜息をつき、「小説を書くというのは、大変なことなのだよ」などと呟けばよろしい。

　バケツに堂々とパンツを浸し、シャワーを浴びて身を浄《きよ》めたのち、私はこのおかしくも悲しい原稿を書き始めたのであった。

　不慮の事故ではある。しかし、私の思いすごしでなければ、日常の激務と体力の低下によって引き起こされた、必然の結果かもしれぬ。だとすると、多くの読者も同様の体験をお持ちなのではあるまいか。

　つらつらとクソの役にも立たぬ原稿を書いてしまったが、若い編集者の手でボツにされぬよう、希《ねが》ってやまない。

ふたたび快挙について

かような表題をご覧になると多くの読者は、「アサダのやつ、また万馬券的中の自慢話かよ」と鼻白むであろう。

だが、今回はちがう。競馬ネタではあるが、万馬券を当てることなどよりはるかにアクロバチックな、かつアグレッシブな快挙をなしとげたのである。

これより快挙の顚末《てんまつ》を包み隠さず話す。ただし事前に言っておくが、私が先週ついに達成せるこの快挙は、アクロバチックかつアグレッシブであると同時にきわめてリスキーでもあるから、ゆめゆめマネなどしないように。万がいち興味本位に同じことを試みて、人生を踏みたがえたり命を落とすようなハメになっても、私および本誌編集部はいっさい責任を負いかねる旨を、ここに銘記しておく。

今さら言うのも何だが、私は競馬が好きだ。それも、三度のメシより好きだなどというなまなかなものではない。なにせここ数年のオーバーワークにもめげず、競馬場に通い続けているのである。

相変わらず締切に追いまくられ、ベッドで眠ることも稀なのであるから、すなわち私の生活とは机に向かって原稿を書いているか、競馬場のスタンドに立っているかのどちらかであると言っても過言ではない。

かつては馬券が糧道であった時期もある。ただし、馬券で食うということは極めて禁欲的に馬券を買うということであるから、真の競馬好きにとっては辛い。狙い定めたレースを一日にせいぜいひとつかふたつ買い、それを一勝一敗ぐらいまでまとめて、初めて米の飯を食うことができるのである。

口で言うのは簡単だが、これを続けるのは難しい。勤勉さと誠実さと金銭感覚と意志力とが必要で、ほとんど修行僧の生活と言ってもよい。

しかし、今の私はむろん謹厳実直に馬券を買っているわけではない。むしろ日ごろの運動不足とストレスの解消のために、あるいは原稿執筆における病的な勤勉さと誠実さをぶちこわすために、馬券を買っているのである。ということは、競馬は現在の私の生活を、以前とはちがった形で保障していることになる。

さて、こうなると競馬は楽しい。ストイックになる必要など何もないのである。しかも馬券歴三十年ともなれば、まさか当てずっぽうに買うはずはなく、根がセコいせいで勝ち負けにはひどく執着するから、いよいよ楽しい。

こうした私の上に、今年もまたローカル競馬の季節がめぐってきた。

ご存じない方のために説明を加えておくと、競馬は一年の大半を東京、中山、中京、阪神、京都の、いわゆる中央場所で開催し、夏場は札幌、函館、新潟、福島、小倉といったローカル競馬場に開催を移す。競走馬の増加により近年では重複開催もするが、基本的にはこの通りである。

私が競馬を覚えたその昔は、ローカル時期といえば休みも同然であった。サラブレッドのほとんどは休養に入ってしまい、一日九レース、しかも五頭立て六頭立てのレースが多く、場外馬券の窓口もガラガラであった。

しかし、年間一万頭も競走馬が生産される今日では、むしろ夏場のほうが競馬はハデになった。出走頭数もレースの数も中央場所と同様であるうえ、一部の場外馬券売場では同時に複数の競馬場のレースが買えるのである。問題は窓口がたいそう混雑することで、いくら函館と福島の馬券を同時に発売しているといっても、狭い売場で押し合いへし合いしながら二ヵ所の馬券を買うのは難しかった。

ところが、ＪＲＡの企業的努力もしくは陰謀により、かの東京競馬場が巨大な場外馬券発売所と化したのである。二十万人を収容する世界一のスタンド、いやおそらくは世界最大の収容能力を持った施設がまるごと馬券売場になり、あっちこっちの馬券を思う存分に売り始めたのであった。

このこと自体が快挙と言える。なにしろさしたる窓口の混雑もなく、完全リアルタイムで各競馬場の馬券を買うことができ、しかも中継はコース内に設置された二基の巨大ターフビジョンに映し出される。

つまり、函館と福島の各十二レース、阪神の特別三レース、つごう二十七レースの馬券を売るのである。

だがしかし、現実にこの二十七レースの馬券をすべて買うことは難しい。なぜならば三競馬場の各レース締切時間はわずか五分ちがいであり、オッズやパドック中継といった重要なファクターを考えれば、「飲まず、食わず、トイレにも行かず」の覚悟がなければ、全レース参加はまず不可能なのである。むろん、当たり馬券を払い戻しているヒマなどないから、それなりの軍資金を所持していなければならない。

たとえて言うなら、「現代」「ポスト」「文春」の三大週刊誌に、小説を同時連載するようなものである。そう思いついたとたん、私は燃えた。

一日二十七レース完全参加という快挙達成をめざして、私は土曜日のスタンドに立ったのであった。馬鹿である。ＪＲＡの思うツボである。だが、馬鹿を承知の男の美学なのである。

丸一日、私はメシも食わず水も飲まず、トイレにも行かずに馬券を買い続けた。とりわけ三競馬場のレースが五分おきに三回くり返される、第九、第十、第十一レースはまさに天王山であった。たとえて言うなら、三大週刊誌に同時連載中の小説が、いっぺんにクライマックスを迎えたようなものであった。

しかし、思いもかけぬ挫折は阪神競馬第十一レースに起こった。締切一分前の標示が消えたとき、私の前に並んでいたジジイがマークシートを書き損じたのである。このアクシデントのために、私の快挙はならなかった。

あくる日曜、私はドーハの悲劇を二度とくり返さぬ心の準備を整えて、再び府中へと向かった。服装も軽快にし、スニーカーをはき、早朝から列に並んでS指定席に入った。むろん指定席といっても椅子に座る余裕などはないが、昨日のアクシデントを考えれば人の少ないほうが有利である。また、一般窓口の自動発券機だと前がつかえればどうしようもないが、S指定席の窓口はババアの手売りなのである。つまり、ジジイがマークシートを書き損じた場合、そいつを張り倒していち早くババアにわがマークシートを渡し、恫喝《どうかつ》しつつ馬券を発行させる、という手がある。

阿鼻叫喚《あびきょうかん》の地獄がまた始まった。ひとつのレースが終わると、即座に外れ馬券は捨て、当たり馬券は内ポケットにしまう。モニターに次々と映し出される各競馬場のパドックの模様を見、馬体重のチェックをし、オッズを一瞥《いちべつ》すれば、はやタイム・リミットである。マークシートと現金を窓口に放りこむそばから、締切のブザーが鳴り、ファンファーレが響く。

馬券歴三十年の威信にかけて、あてずっぽうの馬券は買ってはならない。俺は歴戦のサラブレッドなのだと、私は自身を励まし続けた。そうだ、俺は人生の有為転変《ういてんぺん》にかかわりなく、三十年にわたって馬券を買い続けたつわものだ。ヒマにかまけてやってきたやつらとは、そもそもモノがちがうのだ。俺の競馬は、いつだって趣味や道楽ではなかった。かつては家族を養い、そしてほぼ同じ歴史を持つ投稿生活を支えてきた。競馬は俺の人生を保障してきたのだ――。

かくて、ヒステリカルな一日は終わった。私はついに、中央競馬三場二十七レースの完全予想完全参加という快挙をなしとげたのであった。週末の二日間をトータルすれば、じつに五十三レースということになる。

快挙である。しかし、馬鹿である。馬鹿を承知の男の美学と言えぬこともないが、やっぱり大散財は痛い。

とりあえず今週は函館に飛び、温泉につかりながら本来のローカル競馬を楽しむことにする。

いつの日か三大週刊誌同時連載の快挙を達成しよう。投稿歴三十年の威信にかけて、つまらぬ原稿は書かない。こちらもまた、馬鹿は承知。

消えためんたいこについて

私はめんたいこが好きだ。

駅のキヨスクとかデパートの食品売場とか、目にするそばから買ってしまうので、冷蔵庫の中には常に三箱ぐらいの在庫がある。

むろん古い在庫は食べつくす間もなく捨てられてしまうのであるが、これは必ずしも古い方の賞味期間が過ぎたからではなく、また味覚の優劣にかかわるものでもなく、「女とめんたいこは後発有利」という私の生活原則に基く。

めんたいこの魅力は、すなわちその卓抜したオリジナリティにある。いったいいつの時代にどこの誰が、魚卵を唐辛子に漬けこむなどということを思いついたのであろう。

かつて自民党と旧社会党が一緒くたになって村山内閣が成立したとき、私はたちまちめんたいこのオリジナリティを想起し、もしかしたら奇跡の味覚が出現するかもしれないと期待したが、やっぱりまずかった。たぶん当時の自民党幹部の誰かが、めんたいこを食いながら思いついたアイデアだとは思うが、要するに私利私欲にかまけた政党の離合集散など一腹《ひとはら》のめんたいこの味にすら及ばない、ということであろう。

それにしても、めんたいこは旨い。

恋人との最初の出会いをふしぎと覚えているように、私は初めてめんたいこを口にしたときのことをはっきりと記憶している。

高校二年の夏、九州に出張した知人から手みやげにいただいたのである。木箱にぎっしりと詰められた、たいそう立派なおみやげであった。

三十年前のその当時には、今日のように地方物産がボーダーレスに売られてはおらず、東京人のほとんどは「博多めんたいこ」なるものの存在すら知らなかった。

「めんたいこ、って、タイの子かしらねえ」

と、木箱の蓋を開けながら母は言った。

とりあえずは食べてみようということになり、私と母はちょうどタラコを食う感じで、本漬けのツユが滴り落ちるめんたいこをバクリと頬張ってしまったのであった。

当時は地方物産品が手に入らぬと同時に、エスニック料理も存在してはいなかった。キムチやナムルですら市民権を獲得していなかったのである。私たちの舌は辛いものには慣れていなかった。

で、そのとたん私と母は、ゴジラの母と子のように向き合って火を吐いた。

「か、からいっ！　でも、おいしいっ」

と母は叫んだ。そしてやおら冷蔵庫から冷えたビールを持ち出して、真昼間から酒盛りを始めた。

「か、かれえっ。でも、うめえ！」

私は矢も楯もたまらずにお勝手へと走り、どんぶり飯をよそってきた。

かくてこの日から、母子はめんたいこの虜《とりこ》になったのである。

ほどなくめんたいこは東京人の食卓を席捲したが、今日スーパー等で廉価《れんか》に販売されているものの多くは、タラコにタレをまぶしただけの贋物である。めんたいこは博多名産の本漬けに限る。

さて過日、母は多年にわたるめんたいこの食いすぎがたたって肝臓をこわし、その入院を見届けた伜《せがれ》は、皮肉なことに博多における講演会へと旅立ったのであった。

検査を前にしてプレッシャーのかかった母は私の手を握り、「次郎ちゃん、めんたいこを」と言った。

言われなくたって買ってくるのである。ただし今回ばかりは、母へのみやげにはできない。

「おかあさん。僕は講演のために博多に行くんですよ。めんたいこを買いに行くんじゃない」

「うそ。おまえは何て嘘をつくのがへたなの。それでよく小説家になんかなれたわね」

「……と、申しますと」

「めんたいこ、と顔に書いてあるわ。おまえは講演にこと寄せてホヤホヤの本漬けを買いに行こうとしているにちがいない。いえ、めんたいこを買うついでに、講演をしてくるにちがいないわ。白状おし」

というわけで、私はみやげの約束を強要された末、博多に向かったのであった。講演の勧進元である日経新聞社、ならびに当日お越し下さった大勢のお客様に念のため言っておくが、私はめんたいこを買うついでに講演をしたわけではない。あくまで講演のついでにめんたいこを買ったのである。

そう、たしかに買ったのだ。

日帰りのタイトなスケジュールで、専門店に立ち寄る時間はなかったが、福岡空港の売店でまちがいなく、「極上本漬」と銘打った最高級のめんたいこを買ったのである。うんと高かった。

めんたいこマニアである私は、知る人ぞ知る地方物産マニアでもある。このときも刻々と迫るフライト時間の中で、あわただしく「長浜ラーメン」「玄界灘のウルメイワシ」等を買いあさった。

会計をおえたあと、巨大な箱菓子が目に止まった。ご存じの方も多いと思うが、市販のパッケージの十倍ぐらいでかいギャグ菓子である。一個千円はシャレにしたって高いが、ハデさとデカさを美徳としている私は、ひそかにこの種の「地方限定菓子」を蒐集《しゅうしゅう》しているのであった。

「子供のみやげに」と言いわけをしつつ買ったものは、「博多限定めんたいこプリッツ」と、同「めんたいこおっとっと」である。販売員はいったん会計をおえたおみやげを大きな袋に詰めかえてくれた。

どうやらまちがいはこのときに起こったらしいのである。

私は旅から帰ると家族を叩き起こし、地方物産品を開陳しつついちいち説明をするという癖がある。たとえば、

「これが博多名物長浜ラーメンたい。白く濁ったトンコツスープに紅ショウガば載せて食うばい。食べてみらんね」

などと言う。なにぶん小説がなかなか売れず、その間営業が長かったせいでサービスは過剰なのである。

ひと通りの商品説明をおえたあとで、私はギクリと凍りついた。肝心の「極上本漬」がない。どこをどう探しても見当たらない。

自慢じゃないが記憶力には自信がある。「神経衰弱」をやらせたら誰にも負けない。しか

しどういうわけか、落とし物、忘れ物が多い。（この点については例を上げればキリがないので、お知りになりたい方は文庫本『勇気凜凜ルリの色』第一巻P.206「忘却について」を参照のこと）

「なにかまた、お忘れ物？」

と家人はおそるおそる私の顔色を窺った。

「め、め、めんたいこが、ない……」

「ええっ、それじゃいったい何のために博多まで行ったのか、わからないじゃないですか」

私は頭を抱えつつ、記憶を巻き戻した。ハイヤーの中？――いやちがう。客が降りたあと、運転手は必ずリア・シートを点検する。飛行機の中？――いや、みやげ物の入った紙袋は荷物入れには入れず、足元に置いていた。

疑わしきはただひとつ、「博多限定めんたいこプリッツ」と「めんたいこおっとっと」を買い足した折、袋を詰めかえたそのときしか考えられなかった。

ものすごく悔やしかった。銭金ではないのである。そりゃ多少はそれもあるけれど、買った以上は私の所有にかかるめんたいこが、今も福岡空港の売店にあるのかと思うと、悔やしくてならなかった。たしかにキヨスクやデパートの食品売場に行けば、同種のめんたいこはあるであろう。しかし、できたてのホヤホヤではない。私が福岡での講演を日帰りとした真実の理由は、ホヤホヤのめんたいこをその日のうちに、熱いごはんに載せて食いたかったからである。

これより母の見舞に行く。手みやげには「博多限定めんたいこおっとっと」を持って行くが、おそらく私の顔にうかぶ屈辱の表情を、母は見のがしはしないであろう。

「これじゃごはんのおかずにならないね」と肩を落とす姿は見るに忍びない。

ああ、めんたいこ。

解放について

七月十六日。きょうは何とも落ち着かぬ一日であった。

そう、第百十九回芥川賞・直木賞の選考会が開かれたのである。

再び「受賞作なし」の悪夢にうなされて、まだ暗いうちに目が覚めてしまい、日がな机に向かっていたのだが、原稿は遅々として進まず、読書をしても目は活字の上をうつろに滑ってしまう。

午後九時のNHKニュースで受賞作決定の吉報に接した。直木賞は車谷《くるまたに》長吉《ちょうきつ》さん、芥川賞は藤沢周《ふじさわしゅう》さんと花村萬月《はなむらまんげつ》さんということで、まずはめでたしめでたし。

何はさておき東京會館の記者会見場に駆けつけて祝福したいのだが、あいにく明日締切の原稿を山のように抱えている。ちなみに、そのうちの一部は本稿である。

昨年、直木賞をいただいたとたん、何だか自分でもわけがわからんほどの大騒ぎとなり、ようやく次の方にバトンタッチかと思われたこの正月には、不幸にして「受賞作なし」。つまりきょうという日は私にとって、待ちに待った年季明けなのである。

ものすごく嬉しい。書きかけた原稿をすべてボツにして、つい「解放について」などという手前勝手なタイトルをつけ、こうしてペンを走らせている顔も、たぶんニタニタと笑っている。そのぐらい嬉しいのである。

個人的な事情はさておくとして、私は内心かなうことならば、今回の直木賞はぜひ車谷さんに、芥川賞は花村さんに獲っていただきたいと思っていた。甚だ僭越《せんえつ》ではあるが、そう考えていた理由をこの機に書いておきたいと思う。

私は子供の時分から小説が大好きだった。テレビにも漫画にも、ほかの遊びにもほとんど興味を持たず、当たるを幸いさまざまの小説を読み耽《ふけ》っていた。小説家を志した理由といえばただひとつ、小説が好きだったからである。

そんな私にとって、子供のころから今日まで、どうしても合点《がてん》の行かないことがある。それは、「純文学」と「大衆文学」という区分け——要するに「芥川賞」と「直木賞」のちがいについてである。

作家が今さらこういうことを言うのはおかしいと、多くの読者は首をひねるにちがいない。だが包み隠さぬところ、私はいまだもってこの区別がわからない。まったくわからない。

そもそも小説とは、文章芸術である。

芸術とは神の造り給うた天然の、人為的生成である。むろんこの「天然」の中には、人間の営みも含まれる。

つまり芸術家は、人間の営みを始めとする美しき天然の姿を、神ならぬ人間の手で造り出すことを生業《なりわい》とする職人である。私はつねづね小説を「嘘の世界」と断言して憚《はばか》らぬが、それは神の造り給うた美を人為によって生成しようとする行為を、「嘘」とあえて卑下しているにすぎない。言い換えれば、自らシシュフォスたらんとする芸術家の存在は尊い。

われわれがいかなる修練を積み、いかなる表現上の手法を駆使しようとも、実は一片の花の形すら模倣しえず、一声の鳥の囀《さえず》りさえ再現はできず、全《まった》き人の心を言葉に書き表すことはできない。それでもわれわれはギリシア神話のシシュフォスのごとく、人間の手による人間のための感動をめざして、美を希求し続けるのである。

したがってわれら小説家が文章芸術家であるかぎり、すべての小説は芸術である。

往古より、すぐれた芸術は常に大衆のものであった。偉大な芸術作品はすなわち神の造り給うた天然の形に肉迫しており、天然こそ普遍の美なのだから、そこには常に大衆の理解と讃辞とがあった。有史以来、芸術は常に大衆の悦楽であった。

ミケランジェロ・ブォナローティの彫刻がなにゆえ永遠に讃えられるのかといえば、その形が美しいからである。人格や教養や個々の感性を飛び超えて、あたかも桜の絢爛《けんらん》を誰しもが等しく美しいと感ずるように、人はみなその美しさに感動する。偉大なる芸術家は大衆に讃えられるのである。

芸術を大衆の讃辞から乖離《かいり》させ、さまざまの理屈や理論をつけ、わかりづらいものにしたのは、近代アカデミズムの罪過であろうと私は思う。科学の進歩によって摩耗する人間の感性を恢復させようとした多くの芸術家は、いつの間にか天然の人為的生成という芸術本来の使命を忘れて、芸術を矮小化《わいしょう》してしまった。

「大衆文学」と「純文学」という奇妙な区分けは、近代文学における壮大な勘違いだと私は思うのだが、どうであろう。

たとえば、この両者が合理的な区分けであるとするなら、いわゆる「純文学」はすなわち「非大衆文学」ということになり、すぐれた芸術は常に大衆とともにあるという私の確信的理論によると「非芸術的文学」と言わざるをえない。

また、一方の「大衆文学」は「不純文学」ということになるので、これもまた文字通りの「非芸術的文学」と言わざるをえず、したがって両者の区分けは「そもそも文章芸術としての小説はありえない」と言っているのに等しい。

ちなみに、このような区分けをしている国は、世界じゅうのどこにもない。

芸術とは、人間の営みを始めとする天然の模倣によって、人為的に人の心を感動せしめんとする大いなるメカニズムのことである。すなわち、近代アカデミズムの過誤によりわれわれが芸術だと信じているものは、本来の芸術表現における一分野が、われこそは芸術だと称して独り歩きをしているにすぎない。芸術はけっして、一部の教養人のためだけのグルメではない。

今回の両賞の結果を私が心から嬉しく感じた理由は、「純文学」の世界に生まれ育った車谷長吉さんが、晴れて「大衆文学」賞である直木賞を受賞なさったからである。そして同時に、「大衆文学」の沃野《よくや》から、花村萬月さんが「純文学」賞である芥川賞に選ばれたからである。

文学にとって、これほどの慶事はない。ご両者の作家的出自にこだわらず、あえて候補作に推挙した日本文学振興会の炯眼《けいがん》、さらに両作品を選び抜いた選考委員諸先生方のご英明には、ほとほと頭の下がる思いである。

以上、甚だ僭越のきわみではあるが、一年間まるまる座椅子の上で起居し続けたストレスの勢いを駆って、思うところを述べさせていただいた。

解放。

まこと縛《いまし》めを解かれた気分である。

処女作が刊行されて、小説家と呼ばれるようになったとき、このさき自分には大好きな小説のために何ができるのだろうと考えた。

一部の教養人のためのグルメになり下がってしまった芸術を、大衆の手に奪還する方法を何日も考えあぐねた。一冊の本が出ればいつ死んでもいいと思っていたのだが、いざ出版されてみると欲が出た。

神の造り給うた天然の感動を、どうしたら言葉にできるのだろう。文字に書き表すことができるのだろう。

そして、多くの人々に最もわかりやすく受け容れられる芸術表現の方法は、「泣き」と「笑い」と「怒り」であろうと思いついた。なぜならそれらは最もプリミティヴな、人間の感情だからである。

おそらく、そんな方法で芸術の巌《いわお》を持ち上げようとする愚かしいシシュフォスを、人は嗤《わら》うだろう。だが私は、それが安易な方法であるとは思わなかった。むしろ多難な方法であると考えた。たとえ嗤われても、文章芸術たる小説を大衆の手に取り戻す早道であるのならば、ずっとその坂をたどって行こうと思った。

新しい受賞者のみなさんも、きっとそれぞれの確固たる方法をお持ちになっていることだろう。

とりあえず、きょうはベッドで眠る。何だかやっと、「直木賞作家」になった気分だ。

被虐《ひぎゃく》的快感について

業界に「浅田次郎マゾ説」なるものがあると聞きおよび、愕然《がくぜん》とした。

心外である。私がマゾならば二宮金次郎だってマゾだ。非才と無学と貧困とをひたすら努力によって補いつつ四十六年、税金をしこたま課せられたうえにマゾよばわりされたのでは立つ瀬がない。

ところで、さらなる誤解を覚悟の上で言っておくが、私は「マゾ」の語源であるところのザッヘル・マゾッホの小説は好きである。代表作『毛皮を着たビーナス』など、ちかごろ評判のバイアグラなんてくそくらえの完全勃起小説と言えよう。なにせ恋人をギリシア系美男に奪われてしまった男が、その二人に下僕として仕え、苦痛の中に快楽を見出すという、ブッちぎりの性愛小説なのである。

マゾッホは実生活においても、妻に姦通《かんつう》を強要するという徹底ぶりで、ためにマルキ・

ド・サドのサディズムと並び称される性倒錯の代名詞となった。

もっともマゾッホにとって気の毒なのは、後のフロイトとその学派がさかんにこの心理を研究したがために、「マゾヒズム」「マゾヒスト」といった言葉が世の中を独り歩きしてしまったことであろう。今日、「マゾ」は誰でも知っているが、天才作家ザッヘル・マゾッホの名は、だあれも知らない。

さて、巷間囁《こうかんささや》かれるおのれのマゾ説に憤《いきどお》りつつも、案外と素直な性格で反省癖のある私は、もしかしたら俺はマゾではないかと疑ったのであった。

かつてマゾッホの小説を読み、完全勃起をしたのは事実なのであるから、そのケがあるかどうかはともかく、気持ちはわかるのである。理解はできるのである。ただし私自身の名誉のために言っておくと、今までの人生経験上、殴られて気持ちがいいと思ったためしは一度もない。反省とともに報復もちゃんとするタイプで、その目安も「倍返し」と決めている。

しかし、いわゆる被虐の快感なるものは否定しない。たとえば徹夜で原稿を書き上げ、フラフラで声も出せぬままようやく床に就こうとしたとたん、不吉なピー音とともに緊急のゲラが飛来する。こういうとき、怒りや絶望感とはべつに、そこはかとないふしぎな快感を覚えるのである。

この感じを言葉にするのは難しいが、一言で言うなら、「もうどうにでもして。あなたの好きなようにして」というところであろうか。抵抗も報復もできぬと悟ったとたん、あえて苦痛に身を委《ゆだ》ねる快感が襲ってくる。

やはり俺はマゾなのであろうか、と懊悩《おうのう》しつつ行ったサウナ風呂で、私はひどい目にあった。

心身ともにコリ性である私は、しばしばマッサージ師のお世話になる。自宅には松下電工が世界に誇る最新鋭機「モミモミ・アーバンリラックスEP596」を始めとする、各種マッサージ機器を保有し、なおかつ週に二、三度は欠かさぬサウナ浴の後には、必ず五十分間の指圧を受けている。

かように揉まれ慣れている私にとって、ヘタクソなマッサージほど頭にくるものはない。なにしろわが愛機「モミモミ・アーバンリラックスEP596」は、最大揉み速度毎分三十七回、最大たたき速度毎分七百回、しかも十二センチの距離で自動反復というスグレモノなのである。

要するに、そんな私にとってはほとんどのマッサージが生ぬるい。効かないのである。で、毎度「もっと強く！」と注文をつけ、マッサージ師に嫌われる。

わが家のごく近所に突如として天然温泉が噴出し、巨大健康ランドが出現したという話は以前にも書いた。サウナ、プール、アスレチックジム等を完備し、きょうび流行のカラオケ付き宴会場などはなく、ひたすら健康管理を目的としたコンセプトは私の趣味に適《かな》う。むろんマッサージ師は名手が揃っている。

ただひとつ難を言えば、ここのマッサージは上手なのでいつも混雑しており、マッサージ師の指名ができない。したがって、より強力なマッサージを希望する私は、その日のお相手に一喜一憂する。

朝っぱらから出かけるのは初めてであった。おそらくマッサージ師にも早番とか遅番とかいうローテーションがあるだろうから、さて朝っぱらにはどのような先生がいるのであろうと、私の胸はときめいた。

ひと風呂あびてから、いざマッサージ室へ。おりしも「浅田マゾ説」の風評に傷つき、徹夜で懊悩していた私の体は、大理石の彫像のごとくコッていた。

待ち受けていたマッサージ師と対面した私は、思わず「おお」と快哉《かいさい》の声を上げた。屈強な若者である。白衣に包まれた体はシスティナ礼拝堂の「最後の審判」にあるイエス・キリストの雄渾《ゆうこん》な裸体を想像させ、色黒の顔は東大寺三月堂の「金剛力士像」を彷彿《ほうふつ》とさせた。一瞬、目が合った。男の表情は「揉みほぐさねば帰さじ」との気魄《きはく》に満ちており、むろん私も、「揉みほぐさねば帰らじ」とばかりに睨みつけた。

マッサージ台にうつぶせたとたん、男は低い声で言った。

「特別コッているところは」

私はすかさず、要望するツボを答えた。

「足の三里、腎兪《じんゆ》、および風門《ふうもん》。強目にね」

背中をさすっていた男の手がフト止まった。

「――わかりました」

言うが早いか、男は私の背骨の両側をグイと圧《お》した。それは私がかつて経験したことのない強さであった。

「強さは？」

「け、けっこう。それでいい」

「大丈夫ですか。すごくコッてますけど」

「大丈夫。ああっ！」

男の指は腰痛のツボである「腎兪」でピタリと決まった。腎兪を揉まれているのではなく、腎臓を握られたような気がした。

「痛くないですか？」

痛い。ものすごく痛い。痛すぎて「痛い」という言葉が声にならず、私はただ「ああっ」とか、「ううっ」とかいうア行五音を唸り続けるだけであった。

痛い。だが気持ちいい。やめてくれという願いと、もっと続けてほしいという欲望が相なかばし、私は底知れぬ快楽と苦痛にあえぎ続けた。

やがて男の両指は、ちかごろコリにコッている大臀筋のツボをブスリと捉えた。

「ここは?」

「そ、そこ。そこ」

「ちょっとガマンして下さいね。じきに楽になりますから」

「どうにでもして……あっ、ああっ!」

大臀筋と坐骨の周辺を念入りに揉みほぐしたのち、男の指は的確に足の三里、すなわち脛《すね》のツボを押さえた。

「強いですか?」

「いいっ、いいっ!」

この「いい」の意味は難しい。「もういい」と「気持ちいい」の二つが、ふしぎな同義語となって口から出たのであった。

「ほかには?」

「もう好きなようにしてっ!」

五十分間にわたって続いた苦痛が、性的な快楽を伴っていたとは思いたくない。だが私は、その間明らかに苦痛に倍する快楽を味わっていた。

男はツボを捉える前に、その位置を探すような手付きで肌をさする。それから一呼吸を置いて、正確にブスリとくる。その間合いがたまらなかった。思えば、苦痛を期待するその間合いは、苦痛そのものに倍する快感であった。

マッサージが終わったあと、しばらく横座りになったまま動けなかった。無抵抗のまま苦痛を耐えた経験はかつてなかった。痛みを与えられたときには、常に倍返しの報復をしてきたはずであるのに、恨みどころかこの充足感はどうしたことであろう。やっぱり俺はマゾであったか、と思った。

ところで、以後三日目にあたる今、鉄板を背負ったようなひどい張り返しに悩んでいる。遅ればせながらこの恨み、いかに晴らすべきか。断じて言う。私はマゾではない。

贈り物について

我が家には一日に平均二回の宅配便がやってくる。

うち一回は出版社からの新刊書籍、もう一回は贈り物である。

私は人に物をあげることは大嫌いだけれど、もらうのは大好きなので、贈り物に関してはそのパッケージにくるまれた愛情、人情、目論見《もくろみ》、下心、要するに善意も悪意も全然関係なく、喜んで頂戴してしまう。

折しもお中元の季節。日に二回の宅配便はそのつどたくさんのパッケージを玄関先に積んで行く。ふつうならうんざりするところだが、善意も悪意も信じず、義理とか慣習とかいうこともてんで頭にない私は、ただ天からおいしいものが降ってきたような気分で玄関に駆けつける。

さきごろ本稿に「消えためんたいこ」の話を書いたところ、博多の老舗《しにせ》「ふくや」様から段ボール一箱分のめんたいこをいただいた。

ものすごく嬉しい。原稿を書いてお金を貰うのは嬉しいが、めんたいこをもらうのはもっと嬉しい。しかも「ふくや」の社長直筆《じきひつ》のお手紙まで添えられ、まるで私が福岡空港にめんたいこを忘れてきたことを「ふくや」の責任であるかのように、数種類の極上品を段ボール一箱分も送って下さったのである。

むろん同社の社長と面識はない。お手紙によれば、かつて私がゲスト出演したFM放送の番組のスポンサーだったそうで、本稿の「消えためんたいこ」を読んでさっそくお送り下さったとか。汗顔《かんがん》の至りである。

「純」と銘打った昆布だし本漬けの逸品。これはうまい。炊きたてのごはんの上にのせて一口食べたとたん、思わず天を仰ぎ、目がしらが熱くなるような味である。この際だれにもおすそ分けなどせず、ひと夏をめんたいこだけで暮らそうと思った。秋には見ちがえるようにスマートになっていることであろう。

問題は、無事手術をおえた母の病床にこれを届けるかどうかである。このくらい旨いめんたいことなると、届けたら最後、母は病院食などに目もくれず、三食これしか食わないのはわかりきっている。いくら何でも病後のめんたいこダイエットは、命を縮めるであろう。

ともあれ、めんたいこなら博多中洲の「ふくや」に限る。

さて、かよう贈り物には目がなく、役人にならなかったのはまこと幸いというほかはない私であるが、宅配便で毎日運ばれてくる書籍類にはいささか往生している。

小説を書いているくらいであるから、もちろん読書は好きである。どれほど締切に追いまくられていても、一日に四時間は読書タイムと決めており、この時間を削るぐらいなら寝るのをやめる。なぜ四時間かというと、一段組みの単行本一冊、すなわち原稿用紙に換算して四百枚の読了に要する時間がそれだからである。したがってこのペースで読書をすれば平均して一日に一冊を読むことができる。

だがしかし、この速度で読めるのはむろん面白い本なのであって、やみくもに送られてくる書物をすべて同じように読むことはできない。第一、はなから読む気にならぬ本もたくさんある。

私は贈り物については、何はともあれ喜ぶので、それが食べ物や飲み物であれば必ず食べつくし、飲みつくす。しかし書物となると、地獄である。

有難い贈り物なのだから読まねばならぬ。値段はと見れば千八百円もする上装本で、ついこの間まではそういうお金すらままにならず、一冊の書物を買うために一食を抜いていたのだと思えば、どうしても目を通さぬわけには行かぬ。

ちなみに、ただいまお小遣帳を見分したところ、七月の一ヵ月間で買った本が三十五冊。朝日新聞社の書評委員会から持ち帰った本が十二冊。しめて四十七冊は「読みたい本」である。すでに一日四時間のキャパシティを超えている。

では、これに加うるに各出版社から送られてきた本が何冊あるかというと、驚くなかれ三十八冊もあった。つごう八十五冊である。

自分で買った書物はおおむね小説を書くための資料であるから、厳密に読む。新聞社の書評委員は二年任期で引き受けた仕事であるから、これもきっちりと読まねばならない。

さりとて贈り物を粗略には扱えぬ。まさしく読書地獄である。

そうは言ってもこれらをすべて読みおおすことは物理的に不可能なので、未読の書物は降りつむ雪のように書斎を被いつくして行く。

どうか毎月八十五冊の本が増殖し続ける家というものを想像していただきたい。すでに本棚などというものは何の用もなさず、書物は机と座椅子、およびドアまでの通路を残して天井まで積み上げられ、何かの拍子にそれらがドッと崩れてケガをしたりするのである。

これと同じ状態のアパートを家の外に借りているというのだから始末におえない。

ところで、食べ物や飲み物、各地の名産品、書物、等のほかにも得体の知れぬ贈り物がしばしば届けられる。

やはり本稿の記述によって、数人の読者から秘蔵の養毛剤が送られてきた。有難いことである。こればかりはお礼状を書くのも何なので、誌上にてお礼を申し上げておく。ただし、すべて用法の通りに使用したのであるが、どれも効かない。

ふしぎなことには、これらの養毛剤には判で捺《お》したような共通点がある。面白いので以下箇条書きにする。

①発送者は夫人。つまりハゲの妻。この薬を使ったら亭主の毛が生えたので、ぜひ使ってみて下さい、という手紙が添えてある。

②市販していないオリジナル調合品。「ハーブ・薬草系」のものと「化合薬品系」があるが、ともに奥様が愛するハゲのために調合し、しかも「多大なる効果を見た」。

③「誤解なきように言っておきますが」、と前置きをして、「商品化するつもりはない」と書いてある。

私はこの種の贈り物を数種（うち二種は特製シャンプー付き）すべて使用したが、効果はまったくなかった。ただし、使用中わが家人は「少し増えたみたい」と言った。ということはつまり、効果なるものは女房の贔屓目《ひいきめ》というやつなのであろう。ともあれ有難いことではある。

贈り物は嬉しい。お中元もお歳暮も、旅行みやげも地方の物産も、いただくたびに見知らぬ人の真心がしのばれ、あるいはともに仕事をする人々の情を感ずる。

だが一方、堆《うずたか》く積み上げられたパッケージを眺めるたびに、贈る側から贈られる側に回ってしまった人間の堕落を、ふと感じることがある。

口でお礼を言うばかりで、こちらから贈り物をできぬ立場というものは、一種の権威であろうと思う。いやしくも金銭では購《あがな》えぬ美しいものを作ろうとする作家にとって、権威は堕落の異名に他なるまい。

わが国の習慣である折々の贈り物は、ひたすら愛情を表現し、あるいは佳日を祝福し合う西洋の習慣とは明らかに異質である。言下にそれを陋習《ろうしゅう》であると決めつけるわけには行かぬが、この習慣がのっぴきならぬ日本流の人間関係を保障していることも、また事実なのである。

したがって、贈り物に対して不用意に返礼をすれば、むしろ正しい関係を破壊しかねない。たとえば職場における上司と部下の間や、利害のかかわる商取引上の関係においては、このメカニズムは歴然としている。

自然のありよう、人間の営みのありようを言葉に書き表わす小説家は、かりそめにも権威であってはならず、常に草莽《そうもう》の一人でなければならない。そう思うと、贈り物の山はまして重い。

要は贈り物を嬉しくいただき、その重みにつり合うよい小説を、きっぱりと送り返すことなのであろうが。

吉事について

本稿は週刊誌連載のエッセイなので、なるべくタイムリーな素材を用うるよう心がけている。

というのはマッカな嘘で、原稿がいつも締切ギリギリになってしまうから、自ずとタイムリーかつレアな内容になるのである。丸四年間もこんな綱渡りをしながら、一度も「筆者急病のため休載」とならなかったのはまさに奇跡、しかもてめえで言うのも何だが、けっこうおもろいというのはさらなる奇跡と言えよう。

しかし、このようにギリギリの仕事をしていると、時おり予期せぬ失敗をやらかす。ために今回はまずのっけから、お詫びをせねばならないことになった。

かつて本稿において「消えためんたいこについて」というつまらん話を書いたところ、博多中洲の「ふくや」様からさっそく段ボール一箱分の寄贈を賜り、案外と義理がたい性格で

ある私はその翌週、つまり前回の本稿「贈り物について」において、

〈めんたいこなら博多中洲の「ふくや」に限る〉

と書いた。

ところが、である。その原稿を送った翌る日、こんどは「福さ屋」様から段ボール一箱分のめんたいこが贈られてきたのである。つまり、〈めんたいこなら博多中洲の「ふくや」に限る〉という私の原稿と、「福さ屋」様からのプレゼントが行きちがいになっちまったのであった。

さらにその翌る日、福岡在住の知人が近ごろ評判だという「稚加榮《ちかえ》」のめんたいこをドッサリと持ってきて下さった。

べつだんの他意はないのである。原稿の締切日と宅配便の到着日のわずかな誤差により生じた筆禍であることを、「福さ屋」様ならびに「稚加榮」様にはご理解いただきたい。

ちなみに、お送りいただいためんたいこはすべて賞味しているが、どれも甲乙つけがたいほど旨い。だがしかし、白米とめんたいこのみで生きることかれこれ三週間、いささかつらい。しかもこれまでの消費ペースとその残りを計算すれば、少なくとも向こう一ヵ月半ぐらいこの生活が続くことになる。

ところで話は全然変わるが、数日前、わが家に吉事があった。

またぞろめでたく子が産まれたのである。昨年わが家にやってきた捨て猫のトモコが、みごと玉のような三匹の子を産んだ。

かつて本稿にもしばしば書いている通り、本当のことを言うと私は人間ではない。猫である。猫がたまたま人間のなりをし、小説を書いたり競馬に行ったり、確定申告をして税金を払ったりしているだけなのである。

ということはつまり、私にとっては内孫が同時に三人生まれたのと同じことで、これにまさる慶事はない。

人間のなりをしている不心得な猫を除いても、わが家の猫はこれでつごう七匹になった。私の幸福感は何よりもまず猫の数に比例するので、絶頂期の十三匹にはまだ遠く及ばぬが、相応の幸福に酔いしれている。

一年前、半死半生の状態でわが家にやってきたトモコは、その後なんとか一命を取りとめ、美しい娘に成長した。これはかわゆい。はっきり言わせてもらうが、この春から人間のなりをして予備校に通っている娘よりもずっとかわゆい。

そのトモコがめでたく三匹の子を産んだのであるから、産まれたての子猫のかわゆさといったら、まこと筆舌につくしがたい。このかわゆさばかりはいかな形容も思いうかばず、とうてい文章にはできない。

この数日間、昼夜わかたず三十分おきに段ボール箱を覗きに行き、一匹ずつ掌にのせて鑑賞している。おかげで寝不足である。ちなみにこの原稿を書き始めてからだって、すでに三度も見に行った。

三匹の子の内訳は、純白が二匹、ミケが一匹、性別は未だ不明である。

こう書くと、本稿を通読なさっておられる方は、オヤ、と思われるであろう。そう、これはまこと思いがけぬ結果なのである。

もともとわが家にはキャラという純白の牡猫がおり、ゆくゆくはトモコと夫婦《めおと》にしようと考えていた。年回りもころあいであるし、何よりキャラは飼主に似て性格がよろしく、病弱なトモコの面倒をよく見た。彼女が九死に一生を得て美しい娘に成長したのは、ひとえにキャラの愛情があったればこそなのである。

ところがあろうことか、この春先からわが家の周辺にショウちゃんというアメリカン・ショートヘアの牡猫が出没し、トモコを誘惑したのであった。

とかく女はブランドに弱い。トモコはたちまちキャラを捨てて、ショウちゃんのもとに走ったのであった。そしてほどなく、子を宿した。

親としての私の悩みは並大抵ではなかった。末娘が同じ内猫《うちねこ》の許嫁《いいなずけ》を捨てて、どこの馬の骨ともわからぬ猫、しかもひとめで女たらしとわかる外人にさらわれたのである。

もちろん恋人を奪われたキャラの落胆たるや、正視にたえぬものであった。飯も食わず外出もせず、日がなベランダから空を見上げて、溜息ばかりついていた。

ところが、である。トモコに子が産まれてみれば、何のことはないそのうちの二匹は明らかにキャラの子ではないか。今さらとぼけたってだめだ。これが人間ならば、顔が似てるの似てねえの、はては血液型の鑑定だのということになるのであろうが、猫の場合は一目瞭然なのである。

トモコの出産した三匹のうち、二匹はキャラの子、一匹はショウちゃんの子である。われわれ猫族の世界をよく知らぬ方は甚《はなは》だ理解に苦しむであろうが、猫はこういう器用なことをしばしばする。

私は産まれたての子らをひとめ見て、喜び、かつ呆《あき》れた。つまりキャラは失意を装いながら、するべきことはちゃんとしていたのである。

純白の子猫を掌にのせてキャラに見せると、彼は頭をかきながら、

「ま、そういうことで」

と言った。

アッパレと言うほかはあるまい。これが人間社会であればどうであろう。近ごろとみに性的退行をしていると言われる男たちは、最愛の恋人をほかの男に寝盗られた場合、どのような行動をとるか。

ひたすら嘆く。アッサリとあきらめる。あるいはヒステリックな悪態をついて別れる。

しかしキャラは委細かまわずに恋人を抱き、おのれの子を産ませたのである。アッパレ男

子の鑑《かがみ》と言うほかはあるまい。

キャラもまた、三十分に一度ぐらい段ボール箱を覗きに行く。そしてまだ目のあかぬ子猫の体を、愛おしげに舐め回す。むろん、ショウちゃんの子とおぼしきミケも、わけ隔てなく舐める。このあたりがまた、アッパレ男子の鑑である。

ところで、その後ショウちゃんはとんとわが家の周辺に姿を現さなくなった。いっときは堂々と猫窓から出入りし、餌を食べたりトイレを使用したりしていたのである。たぶん、私の与《あずか》り知らぬところで男同士の話がついたのであろう。

さて、私には家長としての務めがある。三匹の子にそれぞれふさわしい名前をつけねばならない。

いろいろと考えた末、まずミケには「ミルク」と命名をすることにした。長屋ずまいをしていたころ、いつも私の肩に乗って執筆を見守っていた名猫と同じ名前である。かつて百匹に余る猫と暮らして、同じ名をつけるのは初めてであるが、清貧のときをともに過ごした「ミルク」が恋しくてならない。

二匹の白猫。これはぜひとも、キャラの根性を顕彰するような名でなければなるまいと思う。

アッパレ日本男児の鑑《かがみ》、その凛凛たる勇気をたたえて、「リン」と「ルリ」というのはどうであろう。

宇宙旅行について

宇宙旅行に行きたい、どうしても行きたいと切望するあまり、ペプシコーラを毎日一ダースぐらい飲んでいる。

おかげで恒例の夏ヤセどころか、布袋《ほてい》様のごとき「ペプシ腹」ができあがった。おそらく中味も、立派な「ペプシ肝」であろう。ペプシコ社の思うツボである。

「二〇〇一年宇宙の旅」は、世界的キャンペーンであろうから、世界中の至るところに私と同じ思いでペプシコーラを牛飲している人々がいるはずであり、所定のクイズに答えたところでその競争率は、史上最高しかもブッちぎりのものとなるであろう。

私はガキの時分から、きわめてクジ運が強い。商店街の福引で特等や一等が当たったことは数知れず、ために何かウラがあるんじゃあねえかと、近所の噂になったりした。長じては宝クジで百万円を当てた。その他たいそうな景品とか旅行とか、みごと当選は枚挙にいとまがない。

だから、この抽選にも当たって二〇〇一年には宇宙旅行に行けると思う。

それにしても、クイズの景品が宇宙旅行とは驚いた。商業目的に基くキャンペーンは派手なら派手なほどよいに決まっている。その点において、「宇宙旅行」という景品はまさに究極的といえよう。

私の事前予想によると、このキャンペーンに応募するのは案外同年代のオヤジばかりなのではあるまいか、という気がする。なぜなら、私たちは等しく宇宙旅行の夢を抱いて成長した世代なのである。

一九五七年、つまり私が六歳のみぎり、人類初の人工衛星スプートニク1号が宇宙を飛んだ。このとき、まだ世のしがらみを知らず、子供はコウノトリが運んでくるものだと信じていた私は、「大きくなったら僕も宇宙旅行に行ける！」と思った。

一九六一年四月、すなわち私が十歳のみぎり、ガガーリン少佐を乗せた初の有人宇宙船ボストーク1号が飛んだ。このとき、まだ恋愛も知らず、気持ちのいいこととは痒《かゆ》いところを掻くことだとばかり思いこんでいた私は、「もう時間の問題だ！」と思った。

一九六九年、すなわち私が十八歳のみぎり、アポロ11号が月面に着陸し、初めて宇宙に人類の足跡が記された。しかしこのときの私は、けっこう世のしがらみを知っており、恋愛もすでに星の数ほどもし、うち何度かは背中を掻くよりも気持ちのいいことになっていたので、あまり興奮はしなかった。

以来今日までは、宇宙のことよりてめえのことで精一杯であった。ご同輩の多くは、私と同じ宇宙観をお持ちのことと思う。だからペプシコ社の「二〇〇一年宇宙の旅」のキャンペーン広告に接したとき、同年輩のオヤジどもはみな快哉の声を上げたにちがいない。

私も声を上げた。しかし娘は何とも思わんのである。若い世代は、私たちのように「宇宙旅行の夢」などを持ってはいない。

ということはつまり、このキャンペーン・クイズに応募してくる人間は、たぶん幼い日に宇宙旅行の夢を植えつけられた、四十代後半から五十歳ぐらいまでのオヤジばかりなのではなかろうか。

ところで、この企画の詳細を問い合わせてみたところ、さまざまの興味深い事実を知った。

この旅行（ああ、旅行と書いただけで胸がドキドキした）は、二〇〇一年十二月からアメリカのゼグラム社という会社が企画している、正真正銘の宇宙旅行なのである。つまり今回のキャンペーンは、ペプシコ社がそのツアー（再び胸ドキドキ）のうちの五人分を確保している、ということらしい。

それにしても、このゼグラム社というのは何者であろう。とうていただの旅行会社とは思えぬ。

この宇宙旅行の正規参加費用は九万八千ドル。一九九八年八月二十日現在のレートに換算して、約千三百九十万円である。

ううむ、高いといえば高い気もし、安いといえばそんな気もする。ということは、適正価格なのだ。ただし、九万八千ドルという値付けは、何となくバーゲン価格のようで、商業的目論見を感じさせる。

ペプシコ社は無条件でこの旅をプレゼントするわけではない。厳正な抽選ののち、五人の方に参加費用のうちの一千万円をプレゼントする。正しくは「ご優待」である。

要するに二〇〇一年のそのとき、一ドル＝百円であればタダだが、そうでなければ差額は自己負担ということになる。近ごろの経済情勢を鑑《かんが》みるに、向こう三年のうちに円がそこまで値を上げる事態はまずありえまい。ほぼ現状のまま推移するとして、四百万円前後の差額負担となる。

これはでかい。さきに千三百九十万円の総費用を安いといえば安いと言っておきながら、あえてこう言うのはおかしいけれど、要するに大変な確率で当選しながらの四百万持ち出しというのは、ものすごく重い。

たとえば、いざ当選して宇宙旅行に出発という段になったとき、この四百万円が工面できない人はどうするのであろう。

銀行の融資窓口に行って、「宇宙旅行に出かけるので四百万円貸して下さい」と言ったら、はたしてマジメに考えてくれるであろうか。あるいはペプシコ社またはゼグラム社サイドに「差額ローン」の準備はあるであろうか。

ま、何とか四百万は工面したとする。アメリカへの旅費は近ごろ仰天のノースウエスト新価格、もしくはH・I・Sのチケット等を使えばさして負担にはなるまい。

渡米後、一週間かけて宇宙旅行に必要な講義や各種訓練を受けるらしい。講義はまあよかろう。しかし各種の訓練というのはちと気になる。

もしかしたら、わけのわからん機械に入れられて、目が回るような訓練をさせられるのではあるまいか。本稿にも何度か書いている通り、私は乗り物酔いをする。ことに「回り物」には弱い。かつて後楽園ゆうえんちの「魔法のじゅうたん」で搭乗中にゲロを吐いた苦い経験もある。

訓練中に「不適格」と言われたらどうする。だがゼグラム社も商売なのだから、そのあたりは何とかしてくれるであろう。海外旅行にしたって、たかが乗り物酔いぐらいで帰れなどとは言わない。

一方、たった一週間で講義も訓練もおえるというのは、ちと不安材料である。ふつう宇宙飛行士というものは、みな選《え》りすぐられた強健な肉体を持ち、しかも数年にわたって訓練を施されるのではなかろうか。私の場合、そりゃ自衛隊出身というキャリアこそあるけれど、高コレステロール、脂肪肝、近視と遠視、腰痛、不整脈等の症状を抱えており、身体強堅にはちがいないが、それは職業的にタフ、というほどの意味にしかすぎない。

こんな私でも、たった一週間の訓練で宇宙に行けるのであろうか。

回答は簡単であった。二〇〇一年に始まるこの宇宙旅行は、宇宙飛行士が携るほどの本格的な飛行ではなく、離着陸はふつうの滑走路から行い、飛行時間はわずか二時間半、うち無重力体験は二分半だけなのだそうだ。すなわち、正しくは「宇宙体験飛行」と言ったほうがよい。

こうなると、やっぱり九万八千ドルの正規費用は高い気がする。抽選にはずれた場合は正規参加をしようと思うが、問題は取材費として落とせるかどうか、事前に税理士と協議してみる必要はあるであろう。

かつて中国で、科挙をめざした子供らはまず、四字二百五十句からなる「千字文」を手本として学ぶ。その冒頭に、「宇宙」の文字はある。

天地玄黄　天は玄《くろ》く　地は黄いろ
宇宙洪荒　宇宙は洪《ひろ》く　荒《はて》しない

堪え難い不幸に見舞われて思い屈したとき、あるいは一時の幸運に慢心するおのれを感じたとき、私はいつも真白な紙にこの句を書く。

宇宙は洪く、荒しないのである。

同士討ちについて

ついこの間『見知らぬ妻へ』が刊行されたと思ったら、あろうことか中二ヵ月で最新刊『霞町物語《かすみちょうものがたり》』が出てしまった。

こんなペースでボコスコ本が出たって仕方ないのである。しかし業界のガリバー音羽屋は、作者の個人的販売戦略など意に介さず、ひたすら後発有利の大原則に基いて発売を強行しちまったのであった。

私の本は月刊誌ではないんである。しかもこの後にも、またぞろ中二ヵ月で築地の某新聞社から長篇小説が刊行される手筈になっている。なお怖ろしいことには、この「中二ヵ月」のペースが来年の春まで続く。

同じ作家の本を、中二ヵ月で片っ端からお買い上げ下さる奇特な読者は、そうはいるまい。ということは、私はてめえの足を食って生きるタコである。

中二ヵ月で次の「最新刊」が出てしまうということは、書店の店頭に並ぶどの本のオビにも「最新刊」と銘打たれていることになり、矛盾も甚《はなは》だしい。事情を知らぬ読者は、私を嘘つきだと思うにちがいない。

さて、なにゆえこのような効率の悪いことをしているのかというと、べつに版元のせいではない。作者の私が悪いのである。

かつて故・井上靖先生が、「デビューして二、三年の間はともかく数を書かなければいけない」、というようなことを仰《おっしゃ》言っておられた。顔に似合わずけっこう素直なところのある私は、当時その記事を何かで読んで、シカと肝に銘じたのであった。めでたくデビューを果したのちはその言葉をあだや忘れず、来る仕事はことごとく受けて必死に原稿を書いたのである。

以来、たぶん二、三年はたっている、と思う。

井上靖先生は「二、三年はともかく数を書かなければいけない」と仰言ったが、では四年目からはどうしたらいいのかということを教えては下さらなかった。で、どうしたらいいかわからん私は、いまだに「デビュー二、三年体制」のまま、原稿を書き続けているのである。結果、こういうことになった。

たぶん、デビュー以来六年か七年ぐらいたっている、と思う。その間、吉川英治文学新人賞と直木賞をいただいて、戦線は一気に拡大した。にもかかわらず軍司令部からの命令は、開戦当初と少しも変わらぬ「二、三年はともかく数を書かなければいけない」なのである。

版元の思うツボ、と言えよう。

たしかにデビューから二、三年の間は必死になって原稿を書き、毎年五冊の単行本を出した。しかしその時分には初刷が八千部とか一万部、それも増刷なしのポッキリであったから、相互に悪い影響を及ぼす心配はてんでなかった。

ところが近ごろでは、初版部数が八万部とか十万部になり、それらが中二ヵ月のペースで刊行されてくる。こうなると、私はてめえの足を食って生きるタコである。もっとわかりやすく言うと、「同士討ち」なのである。

初版の出足がよく、多少の増刷が決まって、さあいよいよこれからというときに、次の本がドサッと出てしまう。後発有利の大原則によって、本来ならもっと伸びるべき先発の部数は停滞する。このくり返しなのであるから、版元の思うツボというより、実は税務署の思うツボなのであろう。

私は小説家だから嘘つきである。しかし、嘘はつくが約束は守る。

「デビュー二、三年体制」のまま遥か未来まで仕事の約束をしてしまっているから、今後の改革のいかんにかかわらず、少なくとも向こう三年ぐらいは、この悲劇的同士討ち状態が続くことは目に見えている。

仕事の約束をしたときはこっちも死ぬ気で原稿を書いているから、二年後の連載と言われればほとんど来世の約束のような気になり、安直に引き受けてしまった。

しかし二年後という日は、必ずやってくるのである。永遠と思われた九十九年目の香港返還だって、ちゃんとその日はやってきた。

かくて労災も下りぬ身の上に、生き地獄の日々はめぐっている。

「デビュー二、三年体制」の次にくるべきポリシィが、「質的向上」であるということぐらいはわかっている。しかしたくさんの約束がある以上は、量を減らして質的向上を図るという改革は許されぬから、「量的維持・質的向上」という政策を推進しなければならぬ。読者と出版社と税務署とのニーズにすべて応える理想の政治は、もはやこれしかあるまい。光明、あるやいなや。

などと念ずるうちに、徹夜明けの朝、お迎えのハイヤーがやってきた。

きょうから『霞町物語』のサイン会ツアーが始まるのである。始まるも何も、先週まで『見知らぬ妻へ』のサイン会をやっていたのだから、早い話が一年中サイン会をやっている。ちなみに昨年は、二十五回もやった。

むろん営業が好きなわけではない。かつて『蒼穹の昴』が刊行された折、当時の担当編集者であった高所恐怖症男が、「サイン会というのは一冊につき最低五回はやるのがふつうです」と言ったのを、井上靖先生のお言葉と同様かたくなに信じているのである。

サイン会も一年に二十五回ともなると、全然有難味がない。ばんたび開催している都心の某書店などでは、通行人と顔見知りになってしまい、「またやってらあ」とか言われる。作家というより、非常勤の販促社員という気がする。

だがともかく、これも約束である。夏の着おさめのダナ・キャランでビシッと決め、お並びのお客様にくれぐれも失礼のないよう、完全無欠のサイン会モードに入る。

ようし。足食いタコだろうが同士討ちだろうが、ともかく「最新刊」を売ろう。

などと考えつつ、玄関を出て仰天した。そこにのそりと立っていたのは十一月初旬発売予定の『天国までの百マイル』の担当編集者ではないか。これから『最新刊・霞町物語』の刊行記念サイン会に出かけるというのに、なぜ早くも『最新刊・天国までの百マイル』の編集者がいるのだ。

「あの、お約束のゲラをいただきにきました」

と、天国からの使者は言った。

ゲラ校正はたしかに終わっている。きょうという約束だから、ちゃんと仕事はおえている。だが、私の極秘計画によれば、ゲラはどこかになくしちゃったことにし、すまんな、探しておくからしばらく待ってくれ、と言うつもりであった。嘘はつくが約束は守るとは、つまりこういうことなのである。何だかんだと一ヵ月ゲラを返さなければ、本の刊行は一ヵ月遅れる。この一ヵ月の猶予は『霞町物語』にとってはデカい。

　しかし、そのとき私はついうっかりと、約束の日がその日であるということを忘れていたのであった。ために、周到に用意していた「ごめん、どこかになくしちゃった」というセリフのかわりに、「ああ、ゲラならできてるよ」と口をすべらせてしまったのであった。

　編集者はニッコリと笑って言った。

「朝早くから申しわけありません。約束の時間だとサイン会にお出かけになってしまうと思って、ちょっと早めに来ました」

「そうか。ならちょうどいいや。車の中で疑問点とか、説明とかするから、一緒に乗ってけ」

「よろしいんですか。他社の車の中でゲラのやりとりなんて、何だか悪いみたいですけど」

　かくて私は『最新刊・霞町物語』のサイン会場に向かう一時間半の道中みっちりと、『最新刊・天国までの百マイル』の校正を完全におえたのであった。

　以上のごとき連鎖により、矢継早に並んでしまう「最新刊」であるが、「量的維持・質的向上」のポリシィはきちんと実行していると信ずる。

　ただしこれを、共産主義的スローガンであると誤解してもらっても困る。現状はすでに国家総動員体制下における総力戦の段階であるとご理解ねがいたい。

　とにもかくにも、ネクスト・ワン。

脅威について

驚異である。いや、脅威である。

八月三十一日のお昼ごろといえば、私はたしか愛犬パンチ号とおさんぽに出ていた。ということは、もしかしたら私はその日その時を一期《いちご》として、散歩コースである不動山において、西郷隆盛みたいに銅像になっちまっていたかもしらんのである。

北朝鮮（朝鮮民主主義人民共和国）から飛んできたミサイルが核を搭載しており、着弾地点が三陸沖でなく東京であったのなら、私はまちがいなくそうなっていた。

この出来事について、われわれはもっと真剣に考えなければいけないと思う。ビックリするばかりではなく、さし迫った危機として深刻に受け止めねばならない。北朝鮮のミサイル発射は「驚異」のレベルではなく、明らかな「脅威」なのである。

ふと、こんなことを考えた。

このミサイルは発射実験などではなく、攻撃失敗だったのではなかろうか。もしかしたら本当は核弾頭を搭載しており、三沢に落とすつもりが太平洋上まで飛んでしまったのではなかろうか。

あるいは、ミサイルは日本の防衛システムを確かめるためのいわば威力偵察であり、続けて発射準備をしているといわれる次の一発は、本物なのではなかろうか。

北朝鮮がミサイルの発射準備をしているらしいという情報は、すでに八月十四日の日米外相会談において、米国側から伝えられていたそうだ。しかも発射の数日前には、そのミサイルが大射程を持つ「テポドン1号」であり、発射は間近だという情報ももたらされていたらしい。

そんな話はちっとも知らなかった。偵察衛星や通信傍受からは、それが実験なのか本物なのかということはわかるまい。少なくとも実験だという保証はなかったはずである。

ということは、私とパンチ号は八月三十一日のお昼ごろ、やっぱり不動山中において西郷隆盛になっていたかも知れぬ。

防衛庁の事務次官は三十一日午後の記者会見において、北朝鮮のミサイル発射は「訓練」であるとの見方を示した上で、「いろいろな状況から、八月中旬ごろから警戒を強めていた」と述べた。

ちょっと待ってくれ。「訓練」であるとの合理的判断を下した理由を知りたい。「たぶん訓練だろう」では困るのだ。それに、「八月中旬ごろから警戒を強めていた」のなら、どうして半月後にミサイルが日本上空を飛び越えて太平洋に落ちるのだ。民間航空機や漁船は、そのことを知っていたのか。

ゴルフのOBではないのである。マッハの速度で落下してくるミサイルを視認してから、「ホアーッ！」と叫んだところで仕方があるまい。

もうひとつ、政府が気付いていない肝心なことがある。

この事件は内容の詳細がどうであれ、国民にしてみれば明らかな脅威にはちがいないのだから、公式の説明は軍事の専門家である制服自衛官がするべきであろう。

シビリアン・コントロールの原則は大切ではあるけれども、誤った拡大解釈をしてはならない。文官はあくまで軍政をコントロールするのであって、軍事軍略を彼らが担うべきではない。万が一、戦争という事態になったとき、東大出の官僚なぞクソの役にも立たんのである。ならば、防衛大学を卒業して、今日の軍事情勢をきちんと把握しているエリート自衛官はいくらもいるのだから、彼らが国民を安心させるような説明を公式にするべきではなかろうか。いや、なかろうかではない。そんなことは当たり前だ。

もしミサイルに威力偵察の意味があるのなら、北朝鮮は日本のこうした動きに着目しているのである。なるほど、日本の自衛隊というのは徹頭徹尾、役人が指揮をしているのだな。ということは、どんなに優秀な装備を持っていても、張り子のトラだ――たぶん、そんな判断をしたにちがいない。そして悲しいかな、その判定は正しい。

しかも時を同じうして、その指揮官たるお役人が背任容疑で逮捕されたとあっては、北朝鮮のみならず世界の笑い物である。

で、国民には何も教えてはくれない寡黙な軍人《サイレント・ソルジャー》のひとりが、新聞記者にこんなことを洩らしたのだそうだ。

「まさか太平洋まで飛ばすとは思っていなかった」

この発言は九月二日付の朝日新聞朝刊に掲載されている。おそらくはこれが、制服組の本音なのであろう。

古今東西、「まさか」が軍人の禁句であるということを、彼らは忘れているのではあるまいか。専守防衛に徹する自衛官であれば、なおさらのこと「まさか」を口にしてはならない。

そもそも軍略とは、「もしかしたら」の研究である。ありとあらゆる仮定を研究し、最善の作戦行動をとることこそが、攻撃と防衛とにかかわらず軍人の任務なのである。

その彼らが、もしかしたら核の一発を見舞われたかも知れぬ、もしくは今後に見舞われるかも知れぬというこの大事件の渦中にあって、「まさか」はまずい。

こんな理屈はバクチ打ちにだってわかる。強いバクチ打ちは常に「もしかしたら」の要素をおびただしいぐらいに仮定し、斟酌《しんしゃく》している。人為の及ばぬ運、もしくは人知を越えた不可知の領域が狭ければ狭いほど、バクチ打ちは強い。「まさか」は彼らにとってもおのれの能力にかかわる禁句なのである。

「まさか太平洋まで飛ばすとは思っていなかった」

という発言は、万が一の場合には容易に以下のような談話として延長されることであろう。

「まさか核を搭載しているとは思っていなかった」

そのまさかで、私は愛犬パンチ号とともに西郷隆盛になるのである。

ところで、金正日《キムジョンイル》とはいったいどんな人物なのであろうか。

なにぶん直接の発言が一切ない珍しい政治家であるから、その人格はまったく計り知れないのであるが、客観的印象からすると、いわゆるコミュニズムの指導者という感じはしない。

そもそも共産主義とは、私利私欲を棄てて平等なる公利を目指す政治思想のことである。私欲は人間の本能であるから、これを放棄せしめるためには、神の如く強力な理論的指導者が不可欠である。

そうした点において共産主義は、彼らの憎悪する絶対王制や帝国主義と紙一重の存在でもある。

強力な指導者が去り、踏襲するべき承継者がいなければ、共産国家は体制上の変容をするか、自由化の道をたどるほかはない。そうしなければ神的な指導力と行動力によって維持されてきた社会は粉々に崩壊してしまう。

共産国家の指導者に世襲は有りえない。ましてや血族的な支配など、コミュニズムの衣を着た絶対王制にほかなるまいと私は思う。

草莽《そうもう》から立ち上がった一人の指導者が、自ら額に汗し、声を嗄《か》らして幸福と希望とを語り続けることこそ、欠くべからざる共産主義国家の姿なのである。

だが、彼は語らない。必ずしも世界に対して語りかける必要はないが、国民に対し、労働者に対して思うところを語らぬ国家指導者は異様である。それがほかならぬ専制君主の姿であるということに、かの国民は気付いているであろうか。

彼と彼をめぐる政治的眷族《けんぞく》には、崇高なる共産主義との矛盾があまりに多すぎる。この矛盾が説明されぬ以上、彼らはおそらくふつうの人間ではない。

相手がふつうではないとすると、自衛隊がどう努力したところで「まさか」は起こるのである。

マスコミも「今年はマツタケが食えない」などというバカなニュースはやめて、われわれが直面する脅威について、真剣に考えてほしいものだ。

テポドンの一発で、われわれの生活はすべて消える。

蚊蠅《ぶんよう》の困《くる》しみについて

どういうわけか虫に好かれる体質である。

ほぼ一年中、あちこちをボコボコに食われ続けている。

見聞するところによれば、こういう「虫好きのする人間」は明らかに存在するらしい。私の場合はその典型で、夏の夜のバーベキュー・パーティの折など、メンバーの中に私がいれば蚊取線香は不要なのである。つまり、周辺のすべての蚊を私ひとりで吸引してしまい、巨大な人間蚊柱《かばしら》と化しているがために、一座の人は誰も蚊に食われない。

この手の人間は血が甘いのだ、とする俗説がある。

たしかに私は無類の甘党であるから、多少は血が甘いかも知れぬ。しかし糖尿病の母と一緒にいても、蚊に食われるのは決まって私の方なのである。この事実から察するに、私の血が格別に甘いはずはない。むろん、血糖値は正常である。

美肌のせいかも知れぬ。自分で言うのも何だが四十六の男にしてはふしぎなぐらい肌はよろしい。若い時分からの売りであった。

人間だって硬い肉より軟い肉を好むのであるから、虫だってそういう好き嫌いはあるであろう。

だがしかし、いくら肌がよろしいと言ったって若い娘にはかなわぬ。十八歳浪人中の娘と一緒にいても、蚊に食われるのは決まって私なのである。この事実から察するに、虫が心して柔かい肌を選んでいるとは思えぬ。

かくて家族との団欒《だんらん》の間にも、私は周辺の森から湧《わ》いて出る蚊を一身に吸引しており、私が書斎にこもると、家族はとたんに網戸を閉めたり蚊取線香を焚《た》いたりする。

なにゆえ私ばかりが虫に好かれるのか、この医学的説明をぜひ聞きたい。

こういう私であるから、パンチ君とのおさんぽにはたいそう気をつかう。

三十分のおさんぽコースはお不動様の裏山で、これがまた案外と深い森なのである。当然、春から秋の間は蚊の大群が手ぐすね引いて私を待ち受けている。

ここの蚊はすごい。家に出没するひよわな蚊など物の数ではない。この山がかつて鎌倉幕府の防御線であったという歴史とはあまり関係ないと思うけれど、何となく真黒な具足に身を鎧《よろ》った荒武者という感じがする。これに刺されると、私の柔肌はたちまち凝固して腫れ上がり、ものすごく痒《かゆ》い。

そんなところにわざわざ行く必要はなかろうと思われるであろうが、パンチ君が行きたいと言うのだから仕方がない。それに、四季折々の森のたたずまいには触れていたい。実は小説家なのである。

この森の蚊は、真夏にはさほど猛々《たけだけ》しくはない。むしろ晩夏から初秋（要するに今現在）にかけて貪婪《どんらん》になる。

ついこの間までは長袖のシャツを着、軍手をはめ、靴下をはいていればちっとも怖くはなかった。ところが秋風の立ち始めた昨今になって凶悪さを増した彼らは、被服の上からでも刺す。立ち止まらずに歩いていたって刺す。走っても後を追ってくる。

そこで、ためしに「虫よけスプレー」なるものを使ってみた。何を今さら、という感じもするけれど、そもそも私は性格的にディフェンスを考えない。万事において防御という概念に欠けるたちなのである。この基本的性格を編集者どもは読み切っている。

したがって、そういう商品が存在することは知っていたのだけれど、あたかも食わず嫌いのごとく使用したためしがなかった。

ところが、これが効くのである。ふたたび何を今さら、と思われることであろうが、私は性格的にそういうものの効能を信じなかったのである。もうちょっとわかりやすく言うと、私は貯金はするけれど保険はかけない。押さえの馬券もあまり買わない。若き日のケンカも、奇襲ののち走って逃げた。

ともかく、「虫よけスプレー」の劇的効能に私は歓喜した。なぜこんなにいいものを今の今まで知らなかったのであろうと、後悔すらした。童貞を喪ったとき以来の感慨であった。

これでクソ暑い日ざかりにも長袖シャツを着る必要はなくなったのである。軍手もはめず、裸足《はだし》にサンダルばきでおさんぽに出られることとなった。

話は全然変わる。

と見せかけて実は変わってはいないので、続けてお読みいただきたい。

私はラフカディオ・ハーンの『怪談』が好きで、いまだに一年に三回くらい、この本を通読する。中でもとりわけ、「耳なし芳一」が好きだ。この物語についてはあえて説明を加える必要もあるまい。そのストーリー・テリングの妙において、ディテールにおいて、なおかつ背景に拡がる中世的無常感というバック・ボーンにおいて、明と暗、実と虚という簡潔かつ緊迫した設定において、あるいはそれらすべての総合的調和において、この物語は短篇小説の傑作と言える。ごていねいなことには、B・G・Mだって流れているのである。

ここで話は「虫よけスプレー」に戻る。

初めて使用したとき、私はふと「耳なし芳一」の物語を思い出した。つまり、「虫よけスプレー」は芳一の体にぎっしりと書きこまれた経文《きょうもん》に似ている。

私は武者の霊にとり憑《つ》かれた芳一なのである。だから、手、足、顔とまんべんなく噴霧したあとで、「あぶない、あぶない」と呟きながら両の耳にもこれをあますところなく噴きつけたのであった。

これで怖いものはない。押しよせる悪霊どもからは、私の姿が見えないであろう。豊かな森の中を行く一匹の白い犬がいるばかりである。

いつものおさんぽは疲れる。体の動きをちょっとでも止めようものなら、とたんに蚊の大群が来襲するので、パンチ君が小便を垂れている間にも、私はゼンマイ仕掛けの人形のように五体を動かし続けていなければならないのである。

要するに、森をめぐる季節のうつろいなどにかまってはいられなかった。しかし、きょうはちがう。私はほの暗い森に足を踏み入れたとたん、ゆったりと深呼吸をし、愛らしい実をこぼし始めた椎《しい》の木叢《こむら》を見上げ、美しい恋物語など考えちゃったりしたのであった。むろん、パンチ君にも心ゆくまで小便をさせ、ふだんはあたふたと茂みにほっぽり投げるクソも、きちんと拾った。気の早い桜の落葉を踏みながら、哲学だってしてした。

こういう生活をしていれば、いい小説が書けるのである。作家はやはり悠然とおさんぽをしなければならぬ。ゼンマイ仕掛けの人形のように五体を震わせながら、愛犬を引きずり回すおさんぽなど、私には似合わなかったのだ。

などと考えつつ、山中をひとめぐりして家への帰途についた。

そのとき、体に異変を感じたのである。痒い。猛烈に痒い。とっさにどこが痒いのかもわからず、私は頭髪をかきむしって、「なぜだ！」と叫んだ。

事実はすぐに知れた。私は芳一だったのだ。顔も耳も手足も、ちゃんとスプレーした。だがしかし、頭頂への噴霧をコロッと忘れていたのである。私がゆったりと山中をめぐる間、凶悪な蚊の大群は私のザビエルハゲに殺到し、そこから思うさま血を吸っていたのである。私は経文を書き忘れた芳一であった。

ご存じの通り、蚊に刺される部位が硬ければ硬いほど痒みは激しい。つま先とか踵《かかと》とか掌は、むちゃくちゃに痒い。

ハゲ以外の人にはわかるまいが、ハゲた皮膚は足の裏と同じくらい硬いのである。私は愚かしくもその硬い頭頂を、飢えた蚊の大群によってボコボコに食われたのであった。

その晩、熱が出た。

銀河沼沼《ちょうちょう》として　夜気　澄む
都《すべ》て忘る　朝暮《ちょうぼ》　蚊蠅《ぶんよう》に困《くる》しむを
河漢　声無く　天　正《まさ》しく青
三三五五　満天の星

税金泥棒について

陸上自衛隊に入隊したのは、昭和四十六年の春であった。

顧《かえり》みて思うに、私が在隊したその当時は、自衛隊にとってまことに不遇な時代であったような気がする。

世は高度成長の真只中、昭和元禄と呼ばれた好景気であった。どの企業も手不足で、健康な若者が職に不自由することはなかった。

大学に進んだ友人たちの多くは学生運動に参加していた。しかも、海の向こうではベトナム戦争がたけなわであった。

こうした時代に、自ら進んで自衛隊に志願する若者など、どう考えてもいるはずはなかった。

初任給一万五千百円。この金額はいかに衣食住付きとはいえ、世間の五分の一か六分の一であったろう。むろんその給与も勝手に使えるわけではなかった。共済費や強制貯金などが天引きされて、手取りは九千円ほど。その金ですら班長が管理し、必要に応じて少額ずつ与えられた。

外出制限は厳しかった。六ヵ月の教育期間にほんの数回、それも行先、理由、行動予定、金銭の支出計画等を綿密に書いて許可を得、夜九時半の帰隊時間は、絶対厳守である。まさに「シンデレラ・リバティ」であった。

連隊長は陸軍士官学校卒、部内幹候の中隊長や古参の陸曹は旧軍からの叩き上げ、当然営内は殺伐とした「真空地帯」で、伝統の体罰主義も日常茶飯事であった。

要するに、駐屯地の中だけ時間の流れが止まっていたのである。

毎日の日課も、旧軍とあまり変わらない戦闘のための訓練に埋めつくされていた。銃剣術、徒手格闘術、持久走、射撃。白兵思想を基礎とした歩兵の訓練である。目的は人を殺すことであるから、同じ肉体の鍛練にしても、スポーツや武道のイメージとは程遠い。体力の劣る者、気力に欠ける者にとっては地獄のような毎日であった。

任期を満了した隊員は毎月除隊して行く。ということは、毎月おびただしい入隊者を募っていなければ、組織は維持できない。十名の戦闘班から、小隊、中隊、連隊、師団といったすべての戦闘単位は、定数が充足されて初めて機能するのである。

いったいあのころ、自衛隊はどうやって欠員の補充をしていたのであろう。一般社会からは監獄のように隔絶し、しかも待遇面においても実生活においても、別世界のような落差のあった自衛隊に若者を導き入れる苦労は、それこそ「戦争」だったのではあるまいか。

消灯の迫る夜更け、外出のできぬ新隊員は十円玉を借り集めて、駐屯地の端にある公衆電話まで走る。娑婆《しゃば》に残してきた恋人と、ほんの一分か二分の会話をかわすために。

携帯電話機はおろか、テレホンカードも、百円玉の入る電話機もない時代のことで、電話ボックスの前はいつも長蛇の列であった。

そんなときふと、世を捨ててきたつもりが実は、自分が世の中から見捨てられたのだと気付いたものだ。

すき好んで自衛官になった若者などいなかったのだから、彼らはみな定数を充足させるための犠牲者であった。

それでも社会は彼らのことを、「税金泥棒」と呼んだ。

シビリアン・コントロールという言葉は、耳にタコができるほど聞かされていた。かつての帝国軍隊が犯した過ちをくり返さぬために、自衛隊は文官の力によって統制されているのだ、と。

それはいいことだと思った。戦争は最大の罪悪なのだから、まちがいや暴走のないように、良識ある文官が自衛隊を統制し統率するのは、理に適《かな》っていると思った。

私たちは戦争を知らなかった。日々の生活や訓練は、世界各国の軍隊とどこもちがわぬのだから、できれば軍人という名誉な肩書は欲しかったのだが、憲法がそれを許さぬのだから仕方ない。何だか認知されぬ鬼っ子のような気分であった。

だがそれでも、世間から「税金泥棒」などとは呼ばれたくなかった。

除隊してから四半世紀の時が流れた。その間、いったい何十万人の若者が「平和憲法の鬼っ子」に甘んじ、「税金泥棒」の譏《そし》りに耐えてきたのであろう。そうした生き方が男子としていかに屈辱であるか、耐え難いものであるかは、経験者でなければわからない。

しかし、自衛隊は本当に「税金泥棒」をしてしまった。いや、後輩たちの名誉のために、そういう言い方はやめよう。一流大学を出て、ネクタイをしめて、夏の暑さも冬の寒さも知らずに指揮官を気取っている役人が、「税金泥棒」をやった。消灯ラッパの淋しさも、物相《もっそう》飯《めし》の味も、背嚢《はいのう》の重みすら知らぬやつが、である。

こんなシビリアン・コントロールなど、くそくらえだ。

今もお題目を聞かされている後輩たちのために、多少の蘊蓄《うんちく》をたれることをお許し願いたい。少なくとも彼らには、知っておいて欲しい。

そもそもシビリアン・コントロールの思想と制度は、清教徒革命と名誉革命を経たイギリス、そして独立革命後のアメリカにおいて生まれたものである。その精神は尊い。

軍隊の存在は平和な国民生活の脅威となる可能性があるから、これをできうる限り非軍人の統制下に置いて、予算を縮小し、行動を制御しようとした。すなわち、最高指揮権者を非軍人とし、軍の機能を独立させずに行政府の中に置いた。

この形はいわゆるシビリアン・コントロールの基本である。しかしこの基本形のまま軍隊を完全に統制しうるのは、軍事技術が未発展であった十九世紀までであった。

時代とともに軍隊は巨大化し、破壊力を増す。国が繁栄すれば、自然とそうなる。経済規模に比例した防衛力が必要だからである。

こうなると、軍隊を政治的に統制すること自体にさまざまの矛盾が生ずる。そこで、「実力を抑制する」よりも「強化しつつ管理する」ことが、シビリアン・コントロールの新しいスタイルになった。

ここに重大な問題が生まれた。

管理者としてのシビリアン、すなわちわが国でいうなら、防衛庁の役人や一部の議員に、権益が生じたのである。

現代の軍隊は「産軍複合体」と呼ばれ、軍事関連企業と密接な関係にある。その複合部分を、高級官僚と一部の議員が支配する結果になる。

法律や予算などで、いかに基本的なシビリアン・コントロールがなされたところで、軍事産業の意思と官僚の意思とで、軍事費を事実上私物化できるのである。

たぶん彼らは、こういう関係をずっと続けてきたのであろう。だから、ひとつが明るみに出れば、あわてて組織ぐるみの証拠隠滅を計ろうとする。

軍人をなめるな、と私は言いたい。いや、軍人と自称することもできぬ沈黙の兵士たちになりかわって言う。私たち自衛官は、かくも長きにわたって「税金泥棒」の譏りに耐えてきたのである。国家の再興と発展のために、国民の何分の一かの給与と禁欲生活とに甘んじて、まさしく詔勅《しょうちょく》の文面通りに、耐え難きを耐えてきたのである。その結果が、このザマだ。シビリアン・コントロールを笠に着た東大出の官僚どもが、自衛隊を本物の「税金泥棒」にしてしまった。

この稿を書いているとき、偶然かつての上官から葉書が届いた。在隊中の営内班長ドノである。誠に勝手ながら、その一部を紹介させていただく。

「この度陸上自衛隊を定年退官致しました。昭和四十一年入隊以来、極めて恵まれ且つ充実した勤務ができましたことはひとえに皆様の御厚情の賜《たまもの》であり、厚く御礼申し上げます。三十二年の全力投球を終えました」

無能にして無思慮な役人は、この人さえも「税金泥棒」にした。五十年の間いちども戦《いくさ》をせず、災害派遣の泥にまみれた「栄光の軍人」のすべてを、「税金泥棒」にした。

リフレッシュについて

まことに突然かつ勝手ながら、本稿をいったん休載させていただくことになった。のっけからこういうふうに書くと、原稿のパターンを知悉《ちしつ》している四年ごしの愛読者の方は、「というのはマッカな嘘で、今回はサウナ風呂の話をする」とかいう続き文句をたちまち予想なさるであろう。

しかし、マジである。ともかく今回をもって、しばらくの間お休みをさせていただくことになった。

ではここで問題。休載の理由は、次のうちどれであろうか。

①講談社と著者との間で、原稿料アップの交渉が決裂した。
②サイン会場で過労性貧血のため倒れ、医者から「当分の間いっさいの仕事はやめろ」と言

われた。

③同じ経緯のさなか、担ぎこまれた救急センターに「週刊現代」の編集者が原稿督促《とくそく》にきた。

④「これ以上仕事をしても無意味です」と税理士が言った。

⑤既刊著書の内容について三浦和義氏から告訴をされ、ペンも握れぬほどの精神的ダメージを受けた。

⑥対抗誌B、対抗誌P、等から酒色の饗応《きょうおう》を受け、簿外の金銭を贈られた。

⑦未申告の隠し所得をあろうことか長銀の株券に替えており、しかもこればかりはエッセイのネタにすることもできず、自己嫌悪に陥った。

⑧かかりつけのマッサージ師から、「エッセイなんかやめなさい」という啓示を受けた。

⑨宗教上の理由から禁欲生活に入り、煙草をやめ、競馬をやめ、ついでに仕事もやめることにした。

⑩ちかごろギャグの切れが悪くなったと自省し、気合を入れて原稿に向かったところ、気合が余ってクソをもらしてしまった。そこで長期にわたる連載がついにおのれのアイデンティティーと化している現実を知り、人間的幸福を希求することにした。

⑪ある日突然と、仕事には誠実でなければならぬと思い立ち、「無名作家のサクセス・ストーリー」という全四巻単行本の原稿が揃ったこのタイミングで、いったん連載を打ち切る

べきだと考えた。

正解はあえて伏せるが、むろんこの中にある。

多くの読者は「多忙のため」もしくは「健康上の理由」を考えるであろうが、それはちがう。

私は本稿を作家としての代表作のひとつと信じており、心に映りたるよしなしごとをそこはかとなく書きつづったおぼえは一度もない。したがって仕事上のプライオリティーからすると、「多忙」は理由にならぬ。

また、私は男であるから、口がさけたって生半可なことで「健康上の理由」とは言わぬ。むろん業病《ごうびょう》に冒されているわけではなく、煙草を喫《す》ったり競馬に出かけたりしているのだから、たまに救急車に乗ったくらいでこれを口にすれば嘘になる。

ポテンシャルも失ってはおらず、クオリティの低下もなく、いわんやネタ切れなどではない。だがしかし、ときおり既刊の内容を顧《かえり》みて、物質的に満たされた分だけ視線が高くなったかな、と思うところがある。

気のせいかもしれない。しかしたとえ万が一にでもそうした現象が原稿のうえに現れているのであれば、これは作家的生命にかかわる重大事であろう。この点については本稿の既刊単行本三冊、およびこの一年の原稿を厳密に読み通して、精査する必要があると思う。

小説家は常に草莽《そうもう》にあらねばならない。なぜなら小説家は、人間を獣たらしめずに人間とする「言葉」の管理者だからである。

世界の肇《はじ》めに人間はなく、まず言葉があった。言葉の正確な使用によって、ヒトはたがいの権利と意思を認め合う「人間」となり、世界を作った。

そんなことは百も承知で草莽に言葉を唱え始めた作家が、草莽から出《い》でて鳥のごとき俯瞰《ふかん》を始めれば、すべてはおしまいである。

それにしても、「しばらくの間」という期間設定は何とも卑怯きわまりない。言い方を変えると、何とも便利な言葉である。

私の休載宣言はある日突然に、全日空ホテルのロビーで渙発《かんぱつ》されたのであった。担当編集者にとっては、何たる迷惑であったことか。

ちなみに、この四年にわたる連載の期間中、担当編集者はつごう三人入れ替わった。もちろん回し蹴りが急所に入ったからではない。いずれも講談社の正当な人事異動により、部署の配転があったのである。ただし、本人が希望したという疑いはある。

一人目の編集者はコミック誌の副編集長に抜擢《ばってき》され、若い女性と結婚をし、玉のような子供が生まれた。

二人目の編集者はそれまでさんざ暴力団に脅されたり裁判の矢面《やおもて》に立たされたりして、いいことなんてひとつもなかったのであるが、これも無事月刊誌に栄転し、のみならず美しい妻を娶《めと》った。

みんな幸福になったのであるから、三人目の編集者も本稿のふしぎな福音に与《あずか》るはずだったのである。しかしあろうことか彼は、わずか半年たらずで「休載宣言」に遭遇したのであった。

「……しばらく、といいますと？」

と、編集者は迷惑そうに言った。

「ハハッ、そりゃあ暫《しばらく》は何てったって団十郎」

「あの、そういうことじゃなくって、しばらくとは、どのくらい？」

「しばらくとはしばらくのことだよ。三ヵ月とか半年とか一年とか十年とかね、具体的に言えないとき、しばらくという言葉を使うのです」

「そ、そんな乱暴な。半年ぐらいならしばらくでしょうけど、十年はそうじゃありません」

「え、誰が決めたの。国会とか都の条令とか、講談社の社則とかでそうなってるの？」

「冗談は顔だけにして下さい。人生の何分の一かがしばらくなわけないじゃないですか」

「俺は二百五十歳ぐらいまで生きるから、十年はしばらくなのだよ」

こうした不毛の会話が二時間も続いたのち、編集者はついに「しばらくの間」に妥協したのであった。

私は嘘はつくけど約束は守る。資質からすると小説家より政治家向きなのである。したがって、できない約束はしない。一年後に再開すると確約して、そのとき私が大病を患っていたり、講談社と裁判でもしていたらどうする。心身ともに摂生して準備万端その日に備えていたとしても、一九九九年七月に地球が滅びたら、約束は果たせないではないか。

ということは、やはりこの際「しばらくの間」が正しい選択にちがいない。

もちろん、十年は冗談である。二百五十年は無理にしても、せめて百二、三十歳までは生きるつもりであるが、やはりそれでも十年は人生にとっての「しばらく」ではあるまい。

来たるべき「しばらく」の後には、甦ったゴジラのごとく、よりいっそうのスーパー・ポテンシャルとハイ・クオリティに満ちたエッセイを、みなさまにお届けすることをお約束する。

なお、本稿を四年前から通読なさっていない読者の方は、早急に書店へと走り、第一巻『勇気凜凜ルリの色』、第二巻『勇気凜凜ルリの色②四十肩と恋愛』、第三巻『福音について』、をまとめてお買い上げ下さるようお勧めする。

とりあえずこれにて失礼いたします。愛読者のみなさま、編集スタッフのみなさまに深く御礼申し上げます。

あとがき　黄金《おうごん》の鍵《かぎ》

いやはや、人生とはわからんものである。

このエッセイを「週刊現代」に書き始めた四年前、私は小説家と自称することすら憚《はばか》られるほどの、まったく無名の物書きであった。

第一巻の冒頭「こうなった経緯について」に書かれている通り、当時の私はメジャー週刊誌からの執筆依頼さえ、講談社の名を騙《かた》った罠《わな》か陰謀にちがいないと考えたのであった。

仕事を引き受けて帰るみちみち、満員電車の中でこんなことを考えた。

俺は近いうちにきっと「小説家」になる。三十年間、夢に見続けた人生がこの数年のうちに必ず手に入る。だからこの連載エッセイは、「無名の物書きが小説家になるまでのサクセス・レポート」にしよう。

さほど自信があったわけではない。しかし私は、すでに心に決めていた「勇気凜凜ルリの色」というタイトルとともに、この企《たくら》みの成功を自分自身に誓った。

古今東西の書物を山のように読んだ。一円の金にもならぬ原稿を何万枚も書いた。努力に見合う才能があるのかどうかは不明だが、少なくともこの努力を、神は見捨てまいと思っていた。

すでに親は老い、子は育ち、男としての責任はただですら重い。三十年間押し開けてきた扉の、これこそが最後の一枚であると私は信じていた。この扉の向こうにはきっと、「小説家」の世界がある、と。

私はまさに、最後の扉を押し開こうとしていた。

第四巻目の上梓《じようし》にあたり、既刊を通読してみると、四年前の目論見《もくろみ》があざやかに実現していることがよくわかった。

むろん、たいそうな小説家になったと思っているわけではなく、この先も開け続けねばならぬ未知の扉があることは承知している。しかし、とにもかくにも無名の物書きが小説家になった。つまり「勇気凜凜ルリの色」全四巻は、俗に言う「最後のひとふんばり」の長いストーリーなのである。

最後の扉はことさら厚く、重かった。こればかりは、力だけではビクとも動かぬ。扉を開けたものは、「勇気」という黄金の鍵だ。そしてその鍵は、絞りつくされた努力の袋の底に、ひっそりと眠っていたのであった。この一枚の、最後の扉を開けるために。

全四巻完結にあたり、さまざまの労をとっていただいた講談社のみなさん、今井秀美氏、藤田康雄氏、正木盟氏、岡圭介氏、梶慎一郎氏、ならびに関係者各位に深く感謝をする。

ねがわくはこのふしぎなサクセス・ストーリーが、すべての読者にとって、凜凜たる勇気のみなもととならんことを。黄金の鍵とならんことを。

平成十年十二月八日

浅田次郎

……もしや、開戦記念日。

初出誌　「週刊現代」一九九七年十一月一日号より一九九八年十月十七日号連載
●この作品は一九九九年一月に小社より刊行された作品です。

|著者| 浅田次郎　1951年東京都生まれ。1995年『地下鉄《メトロ》に乗って』で吉川英治文学新人賞、1997年『鉄道員《ぽっぽや》』で直木賞、2000年『壬生《みぶ》義士伝』で柴田錬三郎賞、2006年『お腹召しませ』で中央公論文芸賞、司馬遼太郎賞、2008年には『中原の虹』で吉川英治文学賞を受賞する。『日輪の遺産』『霞町物語』『シェエラザード』『歩兵の本領』、エッセイ『勇気凜凜ルリの色』シリーズなど著書多数。講談社創業100周年記念作品として、『蒼穹の昴』、『珍妃の井戸』、『中原の虹』から連なる中国シリーズ最新作『マンチュリアン・リポート』を刊行。

勇気凜凜《ゆうきりんりん》ルリの色《いろ》　満天《まんてん》の星《ほし》

浅田次郎《あさだじろう》

講談社文庫

定価はカバーに
表示してあります

2001年8月15日第1刷発行
2012年6月1日第21刷発行

発行者——鈴木　哲

発行所——株式会社　講談社

東京都文京区音羽2-12-21　〒112-8001

電話　出版部（03）5395-3510
　　　販売部（03）5395-5817
　　　業務部（03）5395-3615

Printed in Japan

デザイン—菊地信義

製版——凸版印刷株式会社

印刷——豊国印刷株式会社

製本——株式会社国宝社

ISBN4-06-273225-4

講談社文庫刊行の辞

二十一世紀の到来を目睫に望みながら、われわれはいま、人類史上かつて例を見ない巨大な転換期をむかえようとしている。

世界も、日本も、激動の予兆に対する期待とおののきを内に蔵して、未知の時代に歩み入ろうとしている。このときにあたり、創業の人野間清治の「ナショナル・エデュケイター」への志を現代に甦らせようと意図して、われわれはここに古今の文芸作品はいうまでもなく、ひろく人文・社会・自然の諸科学から東西の名著を網羅する、新しい綜合文庫の発刊を決意した。

激動の転換期はまた断絶の時代である。われわれは戦後二十五年間の出版文化のありかたへの深い反省をこめて、この断絶の時代にあえて人間的な持続を求めようとする。いたずらに浮薄な商業主義のあだ花を追い求めることなく、長期にわたって良書に生命をあたえようとつとめるところにしか、今後の出版文化の真の繁栄はあり得ないと信じるからである。

同時にわれわれはこの綜合文庫の刊行を通じて、人文・社会・自然の諸科学が、結局人間の学にほかならないことを立証しようと願っている。かつて知識とは、「汝自身を知る」ことにつきていた。現代社会の瑣末な情報の氾濫のなかから、力強い知識の源泉を掘り起し、技術文明のただなかに、生きた人間の姿を復活させること。それこそわれわれの切なる希求である。

われわれは権威に盲従せず、俗流に媚びることなく、渾然一体となって日本の「草の根」をかたちづくる若く新しい世代の人々に、心をこめてこの新しい綜合文庫をおくり届けたい。それは知識の泉であるとともに感受性のふるさとであり、もっとも有機的に組織され、社会に開かれた万人のための大学をめざしている。大方の支援と協力を衷心より切望してやまない。

一九七一年七月

野間省一

講談社文庫　目録

2012年3月15日現在